SVA SIDERA

ET HABET ... TELLVS

Mre CHARLES D'HOZIER, Conr du Roy en son
Conseil de sa Maison, Juge général des Armes et des
Blazons de France, Chlr de la Religion, et des
Ordres Militaires de St Maurice, et de St Laza-
re de Savoie, Fils de feu Mre PIERRE D'HOZIER.

SENTIMENS
DE
CLEANTE
SUR
LES ENTRETIENS
D'ARISTE
ET
D'EUGENE.

A PARIS,

Chez PIERRE LE MONNIER, Marchand
Libraire au Palais, à l'Enseigne de S. Loüis & du
feu Divin, vis-à-vis la sainte-Chapelle.

M. DC. LXXI.

Avec privilege du Roy.

AVIS DU LIBRAIRE
AU LECTEUR.

J'Esperois vous donner bien plûtôt les
Lettres que je vous presente aujourd'huy;
car il y a plus de trois mois quelles font écri-
tes, comme on peut voir par la permiſſion
de les imprimer obtenuë dés le mois d'A-
vril. Elles contiennent vne Critique du Livre intitulé *les Entretiens d'Ariſte & d'Eugene*; Mais comme il y a preſentement deux
Editions de ce Livre; Il faut vous avertir
que les Lettres étant faites avant la ſeconde,
elles ne pouvoient par conſequent examiner
que la premiere: De ſorte que s'il y a de la
difference entre l'vne & l'autre; C'eſt la
premiere qu'il faudra choiſir pour juſtifier,
ſi ce qu'on raporte du Livre eſt raporté fidellement.

On demandera peut-être apres cela, pourquoy des Lettres qui ſont faites avant la ſeconde Edition d'vn Livre qu'elles exami-
nent ne paroiſſent neanmoins qu'aſſez long-
temps apres? On répond que c'eſt à cauſe
de certains obſtacles dont on n'a pas toute
la liberté de parler: mais quels qu'ils ſoient
on s'eſt reſolu pour n'être plus retardé, de
faire en trois jours toute l'impreſſion, laquelle par cette raiſon n'a pû étre auſſi cor-
recte qu'elle l'eût été avec plus de loiſir;
mais vous excuſerez s'il vous plaît les fautes
en conſideration de ce qu'on n'a pas voulu
vous faire attendre davantage.

Extrait du Privilege du Roy.

PAr grace & Privilege du Roy, en datte du 29. Avril 1671 & figné par le Roy en fon Confeil, DALENCE : il eft permis à Pierre le Monnier Marchand Libraire, de faire imprimer, vendre & debiter vn Livre intitulé *Sentimens de Cleante fur les Entretiens d'Arifte & d'Eugene*, pendant le temps & efpace de cinq années, a compter du jour qu'il fera achevé d'imprimer : Et deffenfes font faites a toutes fortes de perfonnes de quelle qualité & condition qu'elles foient, d'imprimer, faire imprimer, vendre ny debiter ledit Livre fans le confentement dudit expofant, ou de ceux qui auront droit de luy, à peine de deux mille livres d'amande, confilcation des exemplaires contrefaits, & de tous dépens, dommages & interefts, comme il eft plus au long porté par ledit Privilege.

Regiftré fur le Livre de la Communauté des Imprimeurs & Marchands Libraires, le 6. Aouft 1671. Signé, L O U I S S E V E S-T R E, Syndic.

Achevé d'imprimer pour la premiere fois le fixiéme Aouft 1671.

SENTIMENS
DE
CLEANTE
SUR
LES ENTRETIENS
D'ARISTE
ET
D'EUGENE.

PREMIERE LETTRE.

ONSIEUR,
Vous m'écrivez que vous
feriez bien-aife de fçavoir ce
que c'eft que *les Entretiens d'A-*

A

riste & d'Eugene. Il ne sera pas difficile de vous satisfaire, parce que tout le monde en parle icy; & je puis sur cela vous apprendre l'avis de beaucoup d'honnêtes gens.

Premierement, je vous asseure que l'Auteur est celuy qu'on vous a dit. Il ne s'y nomme pas tout-à-fait; mais il ne s'en faut guere; car il signe B. J. qui sont les premieres lettres de son nom & de sa profession; & avec cela, ses Amis, son Libraire, luy-méme, ne font nulle difficulté de l'avoüer.

C'est donc luy asseurément; & il est vray comme on vous l'a dit, que parmy ceux de sa profession laquelle est considerable dans l'Eglise & dans l'Etat, il a eu des emplois qui ne se donnent chez eux qu'aux

perfonnes d'efprit & de conduite.

Pour ce qui eft d'Arifte &
d'Eugene, ce ne font pas des
hommes qui ayent jamais été;
& l'Auteur par confequent ne
prétend point exprimer leurs
pensées ; mais feulement dire
les fiennes plus agreablement
fous des noms étrangers.

C'eft pour cela qu'il reprefente ces deux Perfonnages,
comme deux hommes d'efprit,
qui ont beaucoup de politeffe,
qui fçavent les langues, qui connoiffent les Auteurs anciens &
nouveaux, & qui les citent dans
toute la fuite de leurs converfations. Ce font d'ailleurs deux
amis intimes, *Et faits l'un pour
l'autre , qui ne fe laffent point
d'être eternellement enfemble, &
dont l'amitié vertueufe fait en eux*

A ij

ce que l'amour fait dans les autres.
Ainſi, Monſieur, l'honêteté,
l'eſprit, la ſcience & l'amitié
jointes enſemble, forment le
caractere que l'Auteur leur
donne.

Ces deux Amis apres une
longue ſeparation ſe rencontrent dans une Ville maritime;
Ils ont une extréme joye de
ſe revoir; ils ſe promettent de
s'entretenir tous les jours, &
pour cela ils choiſiſſent un
endroit commode ſur le bord
de la mer. Voilà donc le lieu,
vous venez de voir les perſonnes, & voicy maintenant
les choſes.

Elles ſont diviſées en ſix
Entretiens, dont chacun a ſon
titre; *la Mer, la Langue Françoiſe,
le Secret, le bel Eſprit, le Ie ne
ſçay quoy, les Deviſes.* Mais

ce ne font-là que les parties les plus generales, lefquelles font composées en particulier de plufieurs autres ; car il y a dans cét Ouvrage une varieté furprenante de toutes fortes de chofes. Il y en a de Politiques, d'Hiftoriques, de Phyfiques, de Morales, de Chrétiennes, & quelques-unes auffi de galantes : Comme ce que c'eft » que la beauté. Que la beau-
» té demande une taille avan-
» tageufe. Que la connoiffance
» precede l'amour. Si la froi-
» deur redouble quelquefois
» l'amour. Si on peut aimer
» veritablement une perfon-
» ne que l'on n'a jamais veuë.
» Que l'amour apprend à faire
» des vers. Si la Mer eft plus
» belle quand elle eft agitée,
» que quand elle eft calme.

A iij

» Combien nos chanſons ſont
» differentes de celles des Ita-
» liens & des Eſpagnols. Divers
» Carouſels faits en France &
ailleurs , & pluſieurs choſes
pareilles qui ſont mélées de
temps en temps avec de plus
ſerieuſes, afin d'égayer un peu
la matiere.

Pour ce qui eſt maintenant
de ce qu'on en juge icy ; vous
pouvez bien penſer qu'on en
juge differemment : Et en
effet, il y a ſur cét Ouvrage
des opinions contraires juſqu'à l'extremité ; mais parmy
les honnêtes gens qui jugent
des choſes par les choſes mémes, & ſans paſſion ; c'eſt un
ſentiment aſſez commun que
le Livre eſt bien écrit , que le
ſtyle en eſt pur , clair , poli,
doux , & qu'avec cela il y a de

la vivacité & du brillant mais
ils n'y trouvent point cette
folidité d'efprit qui y devroit
être, ny cette agreable utilité
qui plaît & qui inftruit tout
enfemble. C'eft un Livre, di-
fent-ils, mais ce n'eft que cela:
le bon fens ne s'y trouve pas
toûjours, & l'on voit quelquefois en fa place un certain
amour propre qui fe flatte,
qui fe vante, qui s'en fait à
croire, qui juge de tout à fa
fantaifie, & qui feroit feul capable de gâter un bon Livre.
D'aillieurs il y a une difpropor-
tion furprenante de ce que
l'Auteur dit avec ce qu'il eft ;
car affeurément fon Livre ne
répond pas autant qu'on l'ef-
peroit à l'honneur , & à la
fainteté de fa profeffion.

Ils ajoûtent, qu'on ne fçait

point qui parle dans ces Entretiens d'Arifte & d'Eugene ;
car ce n'eft ny Eugene ny
Arifte; mais un troifiéme qui ne
fe nomme point , & qui ne
dit point comment il a fçeu
des converfations qu'il raporte fi exactement. Outre cela
les recits y font trop longs,
les defcriptions trop pompeu-
fes, les comparaifons trop fre-
quentes & trop parées ; toutes chofes contraires au genie
& à la liberté des converfations
familieres fans étude , & à qui
l'occafion feule donne des fujets,
comme l'Auteur l'a dit de celles de fon Arifte & de fon Eugene.

Ainfi, Monfieur , tout ce
qu'on reprend dans ce Livre
fe reduit, comme vous voyez,
à de certains manquemens de

reflexion, dans lefquels on ne tomberoit jamais pour peu qu'on voulût fe donner la peine d'y penfer. Je n'ay qu'à vous les marquer en particulier, & commencer par le premier Entretien, pour continuer de même fur tous les autres.

Imaginez-vous donc, Monfieur, qu'Arifte & Eugene font déja arrivez au bord de la mer, qui eft le lieu de leurs entretiens. Je ne fçay point par quel chemin, car l'Auteur ne le dit pas; mais enfin ils y font prefentement *pour joüir l'un de l'autre;* c'eft à dire pour joüir de l'Entretien l'un de l'autre. voyons donc comment cet Entretien commence.

Eugene, dit l'Auteur, *s'attacha d'abord à regarder attentivement la mer, puis tout d'un coup*

A v

*se tournant vers son cher Ami,
n'est-ce pas là*, luy dit-il, *un
admirable spectacle?* Mais plûtôt,
Monsieur, n'est ce pas un admirable début ? Et qui n'en
seroit surpris ? On vient de
voir dans deux Amis une ar-
deur si grande, qu'on ne croyoit
pas que toute l'eau de la mer
pût jamais l'éteindre ; & cependant à peine sont-ils arrivez
au bord de la mer, que les voila plus froids que ce froid éle-
ment.

Eugene resve, & Ariste qui
le voit resver, luy dit quelque
temps apres : *Ie trouve cette petite
resverie où vous vous êtes laissé
aller d'abord la plus raisonnable du
monde*. Et moy, Monsieur, je
ne vois pas une personne d'esprit qui ne la trouve une des
moins raisonnables du monde.

N'eſt-t'il pas bien temps de reſver aux ondes & aux vagues? Eſt-ce pour cela que leur ardente amitié a choiſi vn lieu ſolitaire? Et y a-t'il quelque endroit ſur la terre où il ne ſoit pas permis de parler de la Mer?

Rare & diverſante avanture: Deux chers amis ſe rencontrent heureuſement dans vn païs étranger; Ils ſe promettent de ſe voir tous les jours; ils choiſiſſent pour cela vn lieu commode: & cependant à la premiere converſation ils ne ſçavent que dire; Ils révent déja, & je penſe qu'ils bailleront bien-tôt, en ſe demandant quelle heure eſt il?

Il étoit cependant bien-aiſé de donner vn autre tour à cela; car l'Auteur apres avoir fait rencontrer ces deux Amis, pou-

A vj

voit les loger dans le méme
Hôtel, ou au moins dans vn
méme quartier, afin qu'ils allaf-
fent enfemble au bord de la
mer, puifque c'étoit là où il les
vouloit mener : mais au lieu de
prendre cette voye fi facile, il
les tranfporte invifiblement, &
fans qu'on fçache comment cela fe fait : de forte que lors
qu'on les voit tout d'vn coup
parétre au bord de la mer ; on
diroit qu'ils font fortis de la
terre, ou tombez des nuës.

D'ailleurs on s'étonne qu'A-
rifte & Eugene commencent fi
brufquement leur Entretien;
vous diriez qu'ils fe jettent dans
la mer la tête la premiere : &
affeurément l'Auteur devoit
vn peu mieux preparer les chofes. Il devoit dire au moins en
general que ces deux Amis s'é-

tant particulierement entrete-
nus de ce qui les touchoit le
plus, vinrent infenfiblement à
parler de la mer, ou à l'occafion de quelque voyage, ou
à-propos de quelqu'autre chofe ; & alors il auroit pû commencer fon Entretien, & y
faire entrer s'il eût voulu la
mer & les poiffons : mais de la
façon qu'il s'y eft pris, il a fait
l'un des plus méchans commencemens qu'il pouvoit faire ; & ce n'eft pas un fort bon
prefage pour la fuite.

Auffi, M' il y a dans cét Entretien de la mer une multitude de bagatelles, qui font
comme des coquilles ; & parmy cela de certaines penfées
fauffes qu'on appelle affez plai-
famment des monftres Marins.

Vous verrez de tout cela dans

la suite ; & premierement la curieuse question, de sçavoir *si la Mer est plus belle quand elle est agitée, que quand elle est tranquille.* Ariste tient pour le calme, & Eugene pour la tempeste. *Dans le calme,* dit Ariste, *il n'y a rien qui ne plaise, tout y est doux, tout y est beau. C'est une douceur bien fade,* repliqua Eugene, *que ce calme qui vous plaist tant ; & la beauté de la mer en cét état-là ressemble tout au plus à ces personnes qui n'ont ny vivacité ny esprit. Ie ne comprens pas,* dit Ariste en soûriant, *qu'vn emportement de colere puisse donner de la grace. Ie pourois vous répondre,* repartit Eugene, *qu'il y a des personnes à qui un peu d'emportement ne sied pas mal, &c.*

Je voudrois bien sçavoir, Monsieur, ce que vous direz

d'une queſtion ſi jolie, & d'une comparaiſon ſi galante ; car je connois des ſcrupuleux qui n'en ſont guere édifiez ; & qui diſent bien ſerieuſement, que cela ne ſied pas à l'Auteur. Cependant il ne laiſſe pas de continuer pendant deux grandes pages, & Eugene ſoûtient toûjours, *Qu'il n'y a rien qui touche, & qui divertiſſe même davantage, que de voir un Navire ſervir de joüet aux vents & aux vagues.* Cruel divertiſſement ! me diſoient ces perſonnes dont je viens de vous parler ; prendre plaiſir de voir un vaiſſeau dans l'orage, & tant de monde en danger de perir ! Mais point du tout, leur dis-je, ce n'eſt pas cela ; & l'Auteur entend qu'il n'y ait perſonne dans le vaiſſeau. Vous êtes

bien obligeant , m'ont-ils ré-
pondu : Mais un vaiſſeau n'eſt
point en mer ſans qu'il y ait
quelqu'un dedans; & auſſi l'Auteur ne parle- t'il pas d'un vaiſſeau vuide.   C'eſt donc qu'il
n'y a pas penſé , dis-je encore;
& la choſe n'alla pas plus avant.

Mais voicy un autre endroit
qui eſt de la page 8. Où Ariſte
parlant des avantages de la Navigation , & loüant l'Auteur de
cét Art; Eugene luy répond :
Pour moy , je ne trouve pas fort
bon que cét homme ait apris aux
autres à ſe briſer contre des rochers,
& à mourir ſans ſepulture.

On ne trouve pas qu'il y ait
de la juſteſſe d'eſprit dans tout
cela ; car premierement l'on
ne peut pas dire que celuy qui
a montré aux hommes l'Art
de naviger leur ait apris à ſe

brifer contre des rochers : au
contraire il leur a enfeigné à
éviter les écueils & à fe def-
fendre contre les orages ; Ce
qui eft l'une des principales
fins de la navigation. C'eft
donc comme fi l'on difoit,
que celuy qui a montré aux
hommes l'Art de bâtir, leur
a auffi apris à tomber de deffus
les toits des maifons , parce que cela arrive quelquefois.

D'ailleurs, l'Auteur des Entretiens a pris tout-à-fait le
contrefens ; car au lieu qu'il dit
que fur la mer on meurt fans
Sepulture, il devoit dire au contraire qu'on y eft enfeveli avant
que de mourir ; & cette ex-
preffion qui eft vraye, & qui
marque un étrange & cruel
genre de mort, eût bien plus

fortement reprefenté les hor-
reurs & les perils de la mer
qu'il vouloit décrire.

Apres cela Arifte & Eugene
fe réjoüiffent de ce qu'ils font
éloignez de ces dangers, & *qu'a-*
paremment leur intereft particulier
ne leur fera jamais faire des vœux
pour les Navires qui viennent des
Indes. De cela , Monfieur ; je
n'en fçay rien, & je m'en rapporte à ceux qui le fçavent
mieux que moy.

Enfuite ~~Apres cela~~ ces deux Amis s'a-
mufent à ramaffer des coquil-
les , non pas comme feroient
deux petits enfans ; mais, dit
l'Auteur, comme ont fait autrefois deux grands hommes
Scipion & *Lelius* ; & c'eft apara-
ment pour cela qu'on nous les
vend fi cher.

Apres avoir ramaffé des coquilles, ils fe mettent à conter des Fables ; *Ne fçavez-vous pas,* dit Eugene, *ce qu'on dit d'Ari-ftote ce Genie de la Nature, que n'ayant pu comprendre le flux & reflux de la mer, il fe precipita dans l'Euripe ?* Si cela eft, il faut avoüer que ce grand Philofo-phe a choifi vn grand tombeau: mais je m'étonne que l'Auteur qui eft fi inftruit dans les belles Lettres, ait pris cette fable pour vne verité, & qu'il ait cru fi legerement que *le Genie de la Nature,* avoit tout-à-fait perdu lefprit.

Il ajoûte à cela l'Hiftoire du flux & reflux, traduite comme, je croy de quel-ques cahiers de Philofophie où ces chofes ne manquent jamais d'étre dictées. Il raporte les diverfes opinions des Philofophes ; jufqu'à celle qui dit que ce flux & reflux eft la refpiration de la mer , comme fi la mer étoit vn grand animal.

Il faut avoüer que cette opinion eft extremément ridicule, & que l'Auteur a raifon d'en rire ; mais il y a des gens ferieux qui ne trouvent pas bon qu'il en rie fi long-temps, & qui pretendent qu il ne devoit dire qu'vn mot en paffant d'vne chofe, qui n'a pas befoin d'étre refutée, ne pouvant tromper perfonne ; au lieu qu'il s'y arréte plus qu'à toutes celles qui ont de la vray-femblance, & qu'il perd trois pages entieres à confiderer ce prétendu animal. Il dit que *de toutes les bêtes de charge , c'eft la plus forte, & que de toutes les bêtes farouches,*

c'eſt la plus affamée & la plus fu-
rieuſe. Il la prend enſuite de
tous les côtez, & par la teſte,
& par la queuë, & par les
oreilles; & tout cela avec des
railleries que l'on trouve un
peu froides auſſi bien que la
mer.

Mais ce qui eſt en recom-
penſe aſſez plaiſant, c'eſt de
voir qu'il donne ſans y penſer
un roole pour un autre à ſon
premier perſonnage Ariſte. Car
vous remarquerez, s'il vous
plaît, que c'eſt principalement
Ariſte qui eſt le bel Eſprit;
c'eſt luy qui dit la plûpart de
l'Italien, de l'Eſpagnol, du
Latin, & generalement tout
le Grec qu'il y a dans le Livre. Il cite les Hiſtoriens, les
Orateurs, les Philoſophes, les
Saints Peres, toutes ſortes

d'Auteurs chacun en fa langue; & cependant au milieu
de tout cela , l'Auteur ne fe
reffouvenant plus des chofes
qui l'environnent , fait changer de ftyle à ce Perfonnage;
luy ôte fon caractere , & de
fçavant qu'il étoit dans les Lettres , le rend en un moment un
homme fans Lettres , qui eft
contraint d'avoüer qu'il n'a
jamais rien fçû , rien lû , rien
oüi dire des plus communes
opinions du flux & reflux ; qui
font des chofes qui ne fçau-
roient être ignorées de qui-
conque a fait feulement fon
cours de Philofophie.

C'eft cela , Monfieur , qui
eft affez divertiffant, de voir un
Auteur qui s'embaraffe de luy-
méme , & qui tombe dans des
contrarietez , fans qu'il puiffe

dire que personne l'y pousse,
ny qu'il ne fût pas tres-facile de
les éviter. Car puisqu'il avoit
tant d'envie de raporter les
diverses opinions des Philosophes sur le flux & reflux de la
mer; il n'avoit qu'à faire paroître que ces deux Amis ne les
ignoroient pas ; mais que s'é-
tonnant l'un & l'autre que des
hommes estimez sages eussent
eu des pensées si contraires sur
un même sujet ; chacun ra-
portoit celles dont il se souve-
noit pour s'en entretenir. Ainsi
l'on eût veu toutes ces opinions , & il n'eût point falu
pour cela changer le caractere
d'Ariste, ny le travestir si mal à
propos. Outre que cette maniere eût été plus civile , &
plus propre pour un entretien
d'Amis ; au lieu que selon celle

de l'Autheur, il semble qu'A-
riste soit un Ecolier qui écoute,
& Eugene un Regent qui parle, & qui luy fait une longue
leçon de quatorze ou quinze
pages, au bout desquelles il
conclud qu'il ne connoît rien
dans le flux & reflux de la mer.

Il y a, Monsieur, beaucoup
d'honnêtes gens, & de gens
d'esprit qui concluroient de
même sorte, & qui n'en sçavent
pas davantage sur ce Chapitre.
Ce n'est pas aussi ce qu'on y
trouve à réprendre ; mais on
dit que cét endroit est contraire à un autre. Car Eugene con-
fesse icy qu'il ne connoist
point la cause du flux & re flux
de la mer ; Il appelle cela *vn*
mystere de la nature; & il soûtient,
que *la sagesse ne consiste point à*
en avoir l'intelligence ; mais à
sçavoir

sçavoit que les plus intelligens ne sont pas capables de le comprendre. Ariste qui l'écoute y consent de bonne foy, & ne fait point alors d'autre compliment. Mais quand ils sont dans l'entretien des Devises à plus de trois cens pages delà. *Croyez-moy, mon cher Eugene, dit-il apres avoir penetré comme vous avez fait dans les secrets de la Nature, il n'est rien dont vous ne soyez capable.* On pretend que c'est-là vne contradiction ; parce qu'Ariste éroit tombé d'accord qu'Eugene n'avoit point penetré dans les secrets de la Nature; mais tout au plus dans l'Histoire des opinions des Philosophes.

Delà, nôtre Auteur se jette dans les comparaisons, & il a bien de la peine d'en sor-

B

tir. *On peut*, dit-il, *admirer Dieu dans la mer comme dans sa parfaite image* : Mais en un mot, il n'y a point de creature qui soit la parfaite image de Dieu ; & quand il ajoûte que *la mer represente non seulement la grandeur de Dieu & son immensité, mais encore sa misericorde* ; on ne sçait pas de quelle sorte il l'entend ; car asseurément on n'a pas accoûtumé de dire que la mer soit misericordieuse, elle qui ne distingue point l'innocent d'avec le coupable, & qui engloûtit tout sans misericorde. Il change apres cela en vn moment, & va d'une extremité à l'autre, en disant que la mer qui est *l'Image de Dieu*, est aussi *l'Image du monde* ; c'est à dire de tout le bien & de tout le mal. Ce qui étonne d'autant plus, qu'il ne

met pas seulement la distance
d'une ligne entre ces deux comparaisons ; en sorte que la fin de
l'une est le commencement de
l'autre. Ce n'est pas que la mer
n'ayt *deux faces*, comme il dit ;
mais puisqu'il avoit dessein d'en
faire une comparaison avec
Dieu, il devoit ne montrer
que la face qui est admirable,
& cacher l'autre, pour la découvrir s'il voüloit dans un autre temps. Cependant que faire
à cela ? l'Auteur des Entretiens
avoit parmy des collections ces
deux comparaisons, qui sont
deux lieux communs ; & peut-
étre n'en cherchoit-il qu'une
lors que les ayant rencontrées
toutes deux ensemble, il n'a
pas voulu les separer.

Apres cela il tourne du côté de la Morale. *vn Pere Grec a*

dit, ce me ſemble (ce ſont ſes paroles) que quelque furieſe que ſoit la mer, en approchant de ſes bords elle y voit écrit vn ordre de Dieu, qui luy diffend de paſſer outre ; & qu'alors elle ſe retire par reſpe&, en courbant ſes flots comme pour adorer le Seigneur qui luy a marqué des bornes. Il faut avoüer que cette pensée eſt fort morale, & qu'il n'y auroit rien à redire dans le Livre, s'il étoit par tout de méme.

Cét ordre écrit de la main de Dieu, pourſuit-il, *me fait reſſouvenir d'une jolie avanture :* cecy commence déja à n'étre plus de méme ſtile ; voyons l'avanture. *Vne Dame Eſpagnole ſe promenant un jour au bord de la mer, écrivit avec ſon doigt ces mots ſur le ſable,*

ANTES MVERTA QVE MVDADA'

Certe on n'a garde de s'y tromper apres cela , & l'on voit bien que ces mots Espagnols ne sôt pas du PereGrec.Le sens méme le marque encore plus que les mots ; car cela signifie vne femme amoureuse qui écrivoit pour flatter son Amant,

plûtôt mourir que changer.

Cette pensée est sans doute bien éloignée de la precedente ; autant que le Ciel l'est de la Terre, & je suis assez surpris de voir l'Auteur descendre de si haut en vn moment : mais je connois des gens que cela étonne encore plus que moy ; & j'étois ces jours passez avec vn de ces Messieurs de Sorbone, qui me disoit qu'aparemment l'Auteur a peu leu Saint Paul, quoy qu'il fasse fort le Theologien : car au lieu, que cét Apôtre nous préche

qu'on doit s'élever par les chofes vifibles & humaines, jufqu'à celles qui font invifibles
& divines: l'Auteur au contraire, nous montre à defcen-
dre des chofes divines & fpirituelles, jufques à celles , qui,
comme vous voyez, ne font ny
fpirituelles ny divines. C'eft ce
qui fait, ajoûtât-il, qu'encore
qu'il y ait quelques moralités
dans fon Livre, il n'y a pourtant point de morale; parce
qu'on n'y trouve point vn efprit
aſſez ferme ny aſſez conftant
dans les principes de la vertu.

Le refte de l'entretien ne
contient que des bagatelles,
des contes; des fables, & des
noms de toutes les raretez
vrayes ou fauſſes, que l'on dit
être dans la mer. *Il y a* , dit-
il, *des Etoilles marines, qui font
non feulement vivantes , mais fi*

chaudes de leur nature , qu'elles consument tout ce qu'elles touchent.

Il y a de plus , *des Oyseaux marins de toutes les façons ; jusqu'à des Aigles & des Phœnix. il y a même des Sirennes qui aprennent à filer ;* A quoy il ajoûte les Perles, le Coral, l'Ambre-gris & tous les Trefors de la mer.

C'eſt par-là qu'il finit ſon diſcours; & en verité on a quelque ſujet de dire que les perles & les raiſonnemens y ſont à peu pres de méme nature ; l'on n'en devient ny plus riche ny plus raiſonnable ; & tout cela n'eſt qu'vn amas de paroles inutiles, qui valent moins que le ſilence. Ce dernier mot, Monſieur, m'avertit qu'il eſt temps de finir, & que c'eſt aſſez , & peut-étre trop vous écrire de ſi petites choſes. Je ſuis, &c.

B iiij

SECONDE LETTRE.

MONSIEUR,

Voicy le second Entretien qui est de *la Langue Françoise*. l'Auteur s'y propose principalement de faire voir les avantages de nôtre langue, & de juger des Ouvrages qui s'y écrivent.

Sur cela j'ay veu beaucoup d'honnétes-gens, qui disent que dans les deux parties de l'Entretien il y a de bonnes choses; que tout le stile en general est pur & correct; que l'éloge & l'histoire qu'il fait de la langue Françoise sont justes & veritables; mais ils ajoûtent qu'il devoit au moins nommer les deux Auteurs chez qui il les a pris presque mot à mot ; qu'il devoit dire son sentiment avec plus de précaution & de retenuë ; qu'il devoit prendre garde à ne point faire paroître tant d'affectation , tant de comparaisons, tant de contrarietez , tant de bonne opinion de soy-méme.

Et en effet , Monsieur , pour commencer par les comparaisons , il y en a tant dans cét Entretien , que jamais on n'en vit davantage. C'est une pepiniere de comparaisons ; & je ne croy pas qu'il y en ait moins de quarante. Elles y sont entassées l'une sur l'autre : on en trouve quelquefois trois ou quatre dans une seule page : & asseurément si le discours étoit aussi plein de raisons que de

B v

comparaiſons , il faudroit
avoüer qu'il n'y en eut jamais
un plus raiſonnable. Les langues y ſont comparées à tous
les Arts & à tous les Artiſans,
cinq fois aux rivieres , & je penſe plus de dix fois aux femmes & aux filles.

Je ne ſçay, Monſieur, ſi l'Auteur qui fait tant de comparaiſons, n'a point pensé à ce qu'on
dit ordinairement , que toutes
les comparaiſons ſont odieuſes,
où ſi c'eſt parce qu'il y a pensé,
qu'il les prend la plûpart de la
beauté & des parures des femmes. Quoy qu'il en ſoit , tant
de comparaiſons font peu
d'honneur à vn diſcours ; car
ſouvent ce grand nombre d'i-
mages étrangeres eſt une preuve qu'on manque des veritables
idées des choſes , & que l'eſprit

n'ayant pas aſſez de force pour
regarder les objets dans eux-
mémes, & dans leurs principes
naturels ; il eſt obligé de les
conſiderer par reflexion dans
ces figures indirectes qui font
les comparaiſons.

D'ailleurs, ſi les comparaiſons ne ſont rares, elles bleſſent
& importunent ; car comme
elles viennent toûjours pour
éclaircir des choſes qui ſont
déja prouvées, chacun eſt bien-
aiſe que l'on croye de luy qu'il
a bien compris les premieres
preuves, & qu'il n'a pas beſoin
qu'on luy faſſe ſi ſouvent des
comparaiſons, qui en effet ſont
plus pour les enfans & pour le
peuple que pour les perſonnes
d'eſprit. Tant de comparaiſons
que l'on voudra, dans les chaires
des Predicateurs , & des Re-

gens, où l'on parle de haut en
bas mais on doit en uſer tres-
peu dans les converſations familieres, où perſonne ne prend
le tître de Maître, & encore
moins dans celle d'Ariſte &
d'Eugene, qui ſont, comme
on voit, auſſi ſçavans l'un que
l'autre.

Cependant, ce n'eſt par-
tout que comparaiſons, comme je vous ay dit ; non pas
de celles qui entrent d'elles-
mémes dans le diſcours, & qui
y ſont ſans preſque y parétre ;
mais de ces autres qui ſont toûjours precedées par de cerrains
mots qui avertiſſent qu'elles
vont venir: Et apres cela quand
elles paroiſſent, vous les voyez
parées, & fardées, ayant un
grand train de paroles nom-
breuſes, qui eſt de tous les ſtiles

le plus contraire à celui que l'on parle dans la conversation.

Car comme l'esprit de conversation doit payer contant (si l'on peut s'exprimer de la sorte) comme il doit penser & dire les choses en même temps; on voit bien qu'il n'a pas le loisir de leur donner cette mesure, sur laquelle il faut plusieurs fois consulter l'oreille. Tout ce qu'il fait dans ces occasions pressantes, c'est qu'il ne dit rien qui ne soit dans le bon sens, il donne même, à ce qu'il dit, vn tour agreable; il y mesle quelquefois de cette raillerie fine, qui ne dépend que d'une certaine maniere naturelle de concevoir les choses : il y montre beaucoup de ce feu vif & penetrant qui se fait quand un esprit est échauffé par vn autre

esprit ; mais on n'a jamais veu
qu'on ait composé en converfation, de ces froides & longues
comparaifons , qui avec un
grand nombre de mots font
une cadence plus que Poëtique.

Auffi , Monfieur , l'Auteur
à beau dire que les fiennes ont
été faites au bord de la mer , le
monde n'en croit rien , & dit
que fi cela eft , il faut qu'il ait
eu un cabinet bien prés de là ;
ou du moins qu'il y ait porté de
l'encre & du papier; car on ne
voit point dans fes entretiens
ce qu'une heureufe nature
peut faire fans art, ny ce qu'un
art adroit peut imiter de la Nature: Et ce n'eft (dit-on) ny la
Nature , ny l'Art , mais vn je ne
fçay quel artifice qui gâte l'un
& l'autre, & qui eft le vray caractere d'un jeune Declamateur.

Il dit les chofes d'un ton de Maître, & qui étonne. Il ne parle pas dans fes converfations; Il y harangue, il y prêche : *Pour vous exprimer*, dit-il, *par des comparaifons fenfibles ce que je penfe. Pour entendre ma penfée, il faut remonter à la fource des chofes dont nous parlons. Je m'explique, & je vous prie de m'entendre ;* Voila toutes les preparations que feroit un Predicateur, qui voudroit expliquer les plus grands Myfteres de la Religion, & tout cela fe termine à dire, que la langue Françoife eft naturelle dans fa conftruction, ou d'autres chofes femblables, que l'ufage enfeigne à tout le monde,& qu'un Ecolier de quinze ans ne peut pas ignorer. C'eft neanmoins pour cela, qu'il demande une

si grande attention ; c'eſt pour
cela qu'il avertit qu'il va
s'expliquer, qu'on y prenne garde , qu'on l'écoute , qu'on le
penetre, qu'on le comprenne;
comme s'il alloit prononcer
des Oracles. En verité cette
grande opinion des plus petites
choſes ne plaît point aux perſonnes judicieuſes, & toutes ces
façons de parler ne ſont guere
propres dans la converſation.

Cela neanmoins , ne nous
doit pas empécher de lui rendre juſtice avec joye , & de
reconnétre qu'il a raiſon de
dire tout ce qu'il dit à l'avantage de la langue Françoiſe.

Pour moy je ne fais point
ici de comparaiſon entre les
langues differentes; mais quand
on aura bien parlé & des vivantes & des mortes , je penſe

qu'apres tout il faudra conclure comme je fais d'abord : que s'il nous eſt honneſte & utile de ſçavoir les langues étrangeres, il nous l'eſt encore bien davantage de ſçavoir la nôtre. Et en effet qu'eſt-ce qu'un homme qui ne ſçait pas ſa langue naturelle qu'on lui parle à tous momens , & qui en ſçait deux ou trois autres qu'on ne parle plus & qui ſont mortes ? N'a-t'on pas raiſon de dire qu'il eſt étranger dans ſon païs, & que c'eſt un homme de l'autre monde ?

Qu'on louë donc tant qu'on voudra la langue Latine, & la langue Greque ; mais auſſi qu'on imite les Grecs, & les Latins : & comme ils ont preferé leurs langues à toutes les autres , & que par l'amour &

l'eſtime qu'ils ont eu pour elles,
ils les ont rendües ſi belles & ſi
dignes de loüer leurs Heros :
aimons de méme & eſtimons
nôtre langue, afin que par ce
moyen nous lui conſervions
tous ſes avantages en les luy
augmentant, & que nous ayons
des Homeres & des Virgiles ;
puisque par un bonheur plus
grand que celui des Grecs &
des Latins, nous avons dans la
perſonne du Roy, un Achile
& un Auguſte.

L'Auteur des Entretiens eſt
donc tres-loüable de faire va-
loir nôtre langue autant qu'il
peut ; de publier tout ce qui
ſert à la rendre illuſtre ; & de
dire qu'on parle François dans
toutes les Cours de l'Europe.
Cela eſt vrai : on le parle en
Allemagne , en Suede , en

Dannemarch , dans tous les païs du Nort ; de forte qu'il n'eft pas étrange qu'on le parle auffi en Flandres , où il eft fi en ufage comme il dit, *que les perfonnes de qualité en font une étude particuliere , jufqu'à negliger tout à fait leur langue naturelle , & à fe faire honneur de ne l'avoir jamais aprife : & que le peuple même , tout peuple qu'il eft , eft en cela du goût des honnêtes gens.* Je m'étonne feulement que l'Auteur n'ait apris que depuis peu, une verité de plufieurs fiecles ; & qu'il n'en fçeut encore rien, lorsque le nouveau Teftament traduit en François , fut imprimé à Mons, il y à deux ou trois ans ; car alors nôtre Auteur foutenoit pofitivement qu'on ne parloit point François en Flandres; Mais enfin il est defabusé, & il écrit aujourd'hui que *le peuple y aprend nôtre langue presqu'aufsitôt que la fienne, comme par un inftinct qui l'avertit malgré lui qu'il doit un jour obeïr au Roy comme à fon legitime Maître.* Voila donc qui va le mieux du monde, hors *ce malgré lui,* que je ne voudrois pas mettre, & qui ne fert de rien dans cet endroit.

Mais non feulement l'Auteur des Entretiens, loüe nôtre langue pour fon étenduë, il la loüe encore pour fa durée, efperant qu'elle ne finira qu'avec le monde, & prenant pour les heureux prefages de ce qu'il dit, l'amour que les peuples étrangers ont pour elle ; la pureté qu'elle conferve parmi tant de Nations differentes

qui abordent dans la Capitale
du Royaume ; l'état si ferme
& si florissant de la Monarchie;
& toutes ces raisons sont assez
convenables au sujet : mais
quelques personnes plus serieuses que les autres ne trouvent
pas fort à propos qu'il y ait mé-
lé que *l'étoille de nôtre grand Mo-*
narque, promet ce bonheur à la
France. Cela, disent-ils, est vn
peu trop Astrologue, & la Religion Chrétienne ne recōnoît
point cette puissance dans les
Etoiles, mais seulement dans
la Providence divine qui les
conduit. Il auroit pu dire au
contraire, que la sagesse du Roy
domine les Astres , & je croy
pour moy que toute l'Europe
le dit apres l'avoir vû vaincre
dans les extremes chaleurs , &

dans les extrémes froidures, qui font fans doute les plus puiffantes influences des Aftres, & les plus grands obftacles qu'ils puiffent faire aux hommes.

Mais il eft temps de vous dire les obfervations particulieres, que l'Auteur a faites fur nôtre langue. Elles font belles, curieufes, juftes, raifonnables, & il n'y a rien à dire finon qu'il n'a pas nommé les deux Ouvrages où il les a prifes, qui font *le feptiéme Livre des Recherches de Pafquier, Et les Avantages de la langue Françoife, fur la Latine, de Monfieur le Laboureur.* J'ai fait des extraits de quelques endroits de ces deux Ouvrages, pour vous montrer combien nôtre Auteur a de commerce & d'in-

telligence avec les autres ; car
à moins que de le voir, je ne
croy pas qu'il ſoit poſſible de ſe
l'imaginer.

Voici le premier endroit de
»l'Auteur des Entretiens. Le
»langage,dit-il,ſuit d'ordinaire ʀᴀɢ.6ʄ.
»la diſpoſition des Eſprits, &
»chaque Nation a toûjours
»parlé ſelon ſon genie. Le lan-
»gage des Eſpagnols , ſe ſent
»fort de leur gravité , & de
»cét air ſuperbe qui eſt com-
»mun à toute la Nation; Les
»Allemands ont une langue ru-
»de & groſſiere, Les Italiens en
»ont une molle & effeminée,
»ſelon le temperamment & les
»mœurs de leur païs; Il faut
»donc que les François qui
»ſont naturellement bruſques ,
»& qui ont beaucoup de viva-
»cité & de feu, ayent vn lan-

» gage court & animé , qui n'ait
» rien de languiſſant.

Voyons maintenant ce que
Paſquier écrit ſur le même
ſujet.

» Nos langages , dit-il , ſui-
» vent la diſpoſition de nôtre
» eſprit. L'Eſpagnol haut à la
» main , produit un vulgaire
» ſuperbe & plein de piaphe.
» L'Allemand éloigné du luxe,
» parle un langage fort rude ;
» & lors que les Italiens , dege-
» nerans de l'ancienne force
» du Romain , firent plus de
» profeſſion de la delicateſſe,
» que de la vertu , auſſi forme-
» rent-ils , peu à peu de ce lan-
» gage mâle Romain , un lan-
» gage tout effeminé & molaſſe.
» Ainſi nos Gaulois , comme
» ceux qui avoient l'eſprit plus
» bruſque , & plus prompt que
les

Pag.
805.

»les Romains, ont par con-
»sequent le langage plus court.

Conferez ces deux pieces
l'une avec l'autre, & voyez s'il
y a quelqu'autre difference,
que celle que l'inegalité d'âge
met necessairement entre les
choses & les personnes qui se
ressemblent le mieux.

» L'Auteur continuë : Nos
» Anceftres, dit-il, qui étoient
»plus promts que les Romains
»accourcirent presque tous pag. 63.
»les mots qu'ils prirent de la
»langue Latine; on fit d'*occidere*
»occir, qui a duré long. temps;
»les autres mots se formerent
»à peu prés de méme. *Temps,*
»*nom, fin, an, mort, corps . . . . .*
»Et pour les monofyllabes qui
»ne peuvent étre abregés :
» ou ils n'y changerent rien du
» tout, ou ils les changerent en

C

d'autres monofyllabes , *Si* ,
» *non* , *plus* , *tu* , *es* , *eſt* , &c.

De tout cela Paſquier eſt
le meilleur garant que l'Auteur pouvoit avoir : Nos Gaulois , dit-il , tranſplantant la
» langue Romaine chez-eux
» ils accourcirent les paroles
» de ces mots *Corpus* , *tempus* ,
» *aſperum* , & autres ſemblables
» dont ils firent *corps* , *temps* ,
» *aſpre* . . . . . Nôtre vulgaire eſt
» un langage racourci du Latin
» aux paroles de deux, trois, &
» quatre ſyllabes ; mais aux
» monoſyllabes qui ne pou-
» voient recevoir racourciſſe-
» ment , nous en uſons tout de
» même façon que les Romains
» ſans y rien immuer, *Si* , *non* ,
» *tu* , *plus* , *es* , *eſt* , &c.

Vous voyez , Monſieur , de
quelle maniere ces deux diſ-

pag.
80.

cours se raportent l'un à l'autre, & dans le sens & dans les
paroles ; mais voyons si rien ne
se démentira dans la suite.

C'est l'Auteur qui parle.
Dés que les Romains, dit-il,
» se furent rendus les Maîtres
» des Gaules, la langue Ro-
» maine commença à y avoir
» cours, soit que cela vint de
» la complaisance des Vaincus,
» soit que ce fût un effet de la
» necessité & de l'interest ; les
» sujets ne pouvant avoir d'ac-
» cez auprès de leurs Maîtres
» sans quelque usage de la lan-
» gue Latine ; soit enfin que les
» Ordonnances Romaines qui
» obligeoient à faire tous les
» Actes publics en Latin, fis-
» sent peu à peu cét effet. Les
» Romains imposoient le joug
» de leur langue aux Vaincus

pag. 110.

Opera data est ut imperiosa, Civitas non solum jugum verumetiă linguam suă demissis gentibus imponeret. Aug. de Civit. Dei lib. 19. c. 7.

C ij

» avec celuy de la fervitude,
» comme parle S. Auguſtin.

Ecoutez maintenant Paſ-
quier. Les Romains , dit-il ,
» ayant vaincu quelques Pro-
» vinces y établiſſoient des Pre-
» teurs , Preſidens , ou Procon-
» ſuls , qui adminiſtroient la Ju-
» ſtice en Latin ; & ſaint Augu-
» ſtin au livre 19. de la Cité de
» Dieu , nous rend tres-aſſeuré
» ce diſcours , quand il dit
» au chap. 7. *Opera data eſt ut*
» *imperioſa Civitas , non ſolum ju-*
» *gum , verum etiam linguam demiſ-*
» *ſis gentibus imponeret.* Cela fut
» cauſe que les Gaulois ſujets à
» cét Empire s'adonnerent qui
» plus , qui moins à parler &
» entendre leur langue , tant
» pour ſe rendre obeiſſans que
» pour entendre leur droit.

Tout le monde peut juger ſi

p. 801.

ce n'eſt pas de part & d'autre la
méme choſe, témoin le paſſage de S. Auguſtin ; mais il faut
voir juſqu'où cela ira.

» La langue ſe purifia beau- pag. 119
» coup, dit l'Auteur, vers le
» milieu du regne de Philippes
» de Valois, témoin le Regiſtre
» de la Chambre des Comptes
» de Paris, où l'on voit une
» conſtruction & une pureté,
» qui commence à ſe ſentir de
» nôtre âge , ou du moins de
» l'âge de nos peres.

» Nôtre langue , dit Paſquier, pag. 817
» commença grandement à ſe
» polir de cette ancienne rudeſ-
» ſe vers le milieu du regne de
» Philippes de Valois, ſi les Re-
» giſtres de nôtre Chambre des
» Comptes ne ſont menteurs,
» eſquels vous voyez une pure-
» té qui commence à s'appro-

» cher de nôtre âge.

En verité, Monſieur, cette conformité de pensées & de paroles eſt admirable ; & comme vous voyez ils ont tous deux leu les Regiſtres de la Chambre des Comptes » Ces heureux commence-

Pag.119 » mens, dit l'Auteur, eurent une » ſuitte encore plus heureuſe » ſous le regne de Charles VII. » Alain Chartier ſon Secretai-» re, qui étoit un laid-homme » & un bel Eſprit, ajoûta de » nouvelles graces à la langue, » ce qui le fit ſurnommer à ſon

Elle é-toit fé-me du Dau-phin qui fut depuis Loüis XI. » tour le Pere de l'éloquence » Françoiſe. C'eſt luy que Mar-» guerite d'Ecoſſe baiſa un jour » en paſſant par une Sale où il » étoit endormi ; vous ſçavez » l'Hiſtoire & ce que répondit

»la Princeffe aux Dames de fa
»fuitte, qui trouverent étran-
»ge qu'elle eût baifé un hom-
»me fi laid; je n'ay pas baifé
»l'homme, dit elle, j'ay baifé
»feulement la bouche d'où il
»eft forti tant de belles paro-
»les.

C'eft juftement ce que dit
Pafquier, & prefque en même
termes.

»Plus nous allâmes en avant, _{page}
»plus nôtre langue receut de _{609.}
»politeffe, témoin les œuvres
»de Maître Alain Chartier
»Secretaire du Roy Charles
»VII. Un jour étant endormy
»dans une Salle, dans laquelle
»Margueritte femme du Dau-
»phin, qui depuis fut appellé
»le Roy Loüis XI. paffant
»avec une grande fuitte de Da-
»mes & grands Seigneurs, elle

C iiij

» l'alla baifer à la bouche ; cho-
» fe dont s'étant quelques-uns
» émerveillez ; car pour dire
» le vray, nature avoit enchaffé
» en luy un bel efprit en un laid
» corps & de mauvaife grace ;
» céte Dame dit qu'elles ne de-
» voient s'étonner de ce myfte-
» re ; dautant qu'elle n'enten-
» doit avoir baifé l'homme,
» mais la bouche d'où étoient
» iffus tant de mots dorez.

La plus grande difference,
comme chacun peut remar-
quer, eft en ce que l'un a mis à
la marge que la Princeffe Margueritte étoit femme du Dau-
phin, qui fut depuis Loüis XI.
& l'autre l'a mis dans la fuitte
du difcours.

Je penfe, Monfieur, qu'a-
pres cela, & méme fur cela on
peut raifonnablement juger de

tout le refte. Mais fi vous avez
la curiofité de voir jufqu'au
dernier trait la plus rare & la
plus furprenante reffemblance
qui puiffe étre, entre un Ouvrage nouveau & un ancien ; je
vous envoyray les Entretiens
d'Arifte & d'Eugene, & vous
les confererez à loifir avec vôtre Pafquier. Tout ce que je
vous en dis ne vous empéchera
pas d'étre furpris; & encor plus
quand vous lirez le difcours des
Avantages de la langue Françoife fur la Latine, où l'Auteur
a pris tout ce qu'il dit de nôtre
langue dans l'état où elle eft
prefentement : Tout ce qu'il
écrit de tant d'avantages qu'elle a ; de fa douceur, de fa force, de fa prononciation, de fa
briéveté, de fa conftruction fi
naturelle, de la varieté de fes

C v

terminaiſons , de ſa pureté , de ſa clarté , de ſon abondance, de ſon étenduë, & de toutes ſes autres qualitez.

Mais je vous laiſſe lire cela vous-méme , & ne vous rapor-te que ce ſeul endroit de la pa-ge 23.

Demandez à Monſieur de » Cordemoy ce qu'il luy ſem-» ble de la phraſe Françoiſe & » de la Latine il vous répond » que la premiere eſt plus juſte, »plus naturelle à l'eſprit & » plus convenable au bon ſens » que n'eſt l'autre, il dira que »la tranſpoſition des mots qui » ſe rencontre ſans ceſſe dans » le Latin , fait dans l'eſ-» prit un embaras qui ne ſe » trouve point dans nôtre lan-gue. Il dira que nôtre ſtyle eſt bien mieux reglé; & que chez

»nous les mots fe rangent dans
» la bouche de celuy qui parle,
» & dans l'oreille de celuy qui
» écoute, felon que les chofes
»pour être bien digerées fe doi-
» vent ranger dans l'entende-
» ment de l'un & de l'autre. En
» effet, on n'en fçauroit dire au-
» tant du Latin où tout le con-
» traire fe remarque; où ce qui
» doit être au commencement
»eft à la fin, & où l'ordre des
» paroles confondroit l'ordre
» des chofes, fi on n'y prenoit
» garde, & fi un long ufage n'y
»accoûtumoit nôtre efprit.
» Mais on a bien affaire d'avoir
» cette peine, & qu'une langue
» qui doit fervir aux hommes
» pour expliquer leurs penfées,
» vienne les embroüiller &
» leur donner la torture, au lieu
» de les aider.

C vj

pag. 57. Voicy comme en parle nôtre
Auteur. La langue Françoise,
» dit-il, est peut-être la seule
» qui suive exactement l'ordre
» naturel, & qui exprime les
» pensées en la maniere qu'elles
» naissent dans l'esprit. Je m'ex-
» plique & vous prie de m'en-
» tendre : les Grecs & les La-
» tins ont un tour fort irregu-
» lier ; pour trouver le nombre
» & la cadance qu'ils cherchent
» avec tant de soin, ils renver-
» sent l'ordre avec lequel nous
» imaginons les choses ; ils finis-
» sent le plus souvent leurs pe-
» riodes, par où la raison veut
» qu'on les commence. Le no-
» minatif qui doit être à la teste
» du discours, selon la regle du
» bon sens, se trouve presque
» toûjours au milieu & à la fin.
» . . . . Il faut avoüer que cette

»tranfpofition fait un grand
»embaras dans les autres Lan-
»gues; l'obfcurité de leurs Au-
»teurs venant delà en partie,
»on a fouvent peine à en dé-
»méler le fens, parce que le
»fens & les paroles ne s'accor-
»dent pas.

Ce n'eft icy, Monfieur, qu'un
feul trait de la reffemblance
dont je vous parle; & fi vous
me croyez vous ne jugerez
point par celuy-cy de tous les
autres; mais vous verrez tous les
autres comme celuy-cy; car
enfin c'eft une chofe à voir; &
pour vous le dire encore une
fois, ces deux difcours font tellement femblables, que s'il fe
pouvoit qu'il y eût des difcours
jumeaux, on diroit que ces
deux-là le font.

De tout cela, Monfieur, il

s'enfuit bien clairement, que l'Auteur a pris l'entretien de la langue Françoise où vous voyez qu'il l'a trouvé ; mais il ne s'enfuit pas de même qu'on le doive accuser d'avoir pillé les Auteurs. C'eſt une difference aſſez ſurprenante que j'entendis faire ces jours paſſez en bonne compagnie. Car à l'égard de Paſquier, diſoit-on, il y a guerre declarée des long-temps entre luy, & les amis de l'Auteur ; & comme il les a attaqués autrefois, l'Auteur le pille aujourd'huy : N'eſt-ce pas-là le droit des armes?

Pour ce qui eſt de Monſieur le Laboureur qui a fait les Avantages de la langue Frãçoiſe, on ne ſçait pas bien comment il le traitte. Mais quoy-

qu'il en ſoit, il a pû prendre
de celuy-cy comme de l'autre : & puis qu'il aſſeure que
*tout ce que dit vn bel Eſprit coule
de ſource ;* on ne doit pas luy re-
procher s'il a fait couler ſon
diſcours de deux ſources ſi
fort connuës, & ſi bien mar-
quées dans la Carte.

Vous voyez donc, Monſieur,
que l'Original de nôtre Auteur
n'eſt qu'une Copie de mot à
mot. Il eſt vray qu'il a fait là
une bonne priſe, & qu'il n'a
pas été ſi heureux en prenant
ce vieux conte Eſpagnol que
voicy.

» Vn jour, dit-il, un ſçavant pag. 64.
» Cavalier de ce païs-là dit hau-
» tement en bonne compagnie,
» qu'au Paradis terreſtre le Ser-
» pent parloit Anglois, que la
» femme parloit Italien, que

» l'homme parloit François,
» mais que Dieu parloit Espa-
» gnol. Plût à Dieu, continuë-
» t'il, que les choses se fussent
» passées de la sorte : car enfin
» si le Serpent & Eve eussent
» parlé deux langages differens,
» peut-étre qu'ils ne se seroient
» pas entendus ; mais par mal-
» heur pour nous ils ne s'enten-
» doient que trop bien : & c'est
» ce qui me fait un peu dout*r*
» de la verité de l'Histoire.

Asseurément, Monsieur, on
ne dira pas que ce soit là le langage d'un hypocrite ; au contraire, on dit que l'Auteur n'est
guere moins Cavalier, que le
Cavalier méme dont il fait le
conte. Je ne voy pourtant pas
que ce conte plaise non plus
que ce qu'il dit encore en loüat
l'Histoire Romaine de Coëffe-

teau, qu'*il n'y a point de salut hors l'Histoire Romaine, non plus que hors l'Eglise Romaine.* On n'aime point ces sortes de discours; & à vous dire vray, ils ne sont ny assez religieux ny assez raisonnables, pour répondre à l'opinion qu'on avoit de celuy qui les a faits, ny pour soûtenir l'autorité qu'il s'est luy même attribuée de juger de tout. Mais c'est assez vous entretenir pour une fois, & je vous diray à la premiere occasion ce que c'est que les jugemens qu'il prononce.

TROISIÉME LETTRE.

Monsieur,
Vous verrez dans cette Lettre de quelle maniere nôtre
Auteur Juge des autres Auteurs ; & je croy que vous
avoüerez auſſi bien que moy
qu'il y a dans les jugemens
qu'il prononce vne briéveté
d'Oracle, avec une netteté ſans
pareille.

Balsac, dit-il en un mot, *il
faut le lire , & ne pas trop l'imiter.*

Voitvre, *ſon ſtile n'eſt pas
toûjours fort exaɛt , ny fort châtié.*

Costar, *ſa deffenſe de Voiture
eſt ſon chef-d'œuvre ; ſes autres
Livres ne ſont pas ſi fins ny ſi co-
reɛts que celuy-là.*

d'ABLANCOVR ET LA CHAMBRE, *tout ce qu'ils ont mis en lumiere merite fort d'être lû.*

Voilà, Monsieur, qui est court & clair autant qu'il peut l'être: mais je connois de fort honnestes gens qui disent que cela devoit être un peu moins clair, & un peu plus long, parce qu'il n'est pas toûjours necessaire de dire si promptement, ny si ouvertement ce que l'on pense. Comme quand il dit un peu apres en parlant du Secretaire de l'Academie. *Il y a dans tout ce qu'il fait un air d'honneste homme qui me plaist infiniment.* On n'en doute point, & le Secretaire de l'Academie plaist à bien d'autres. On ne reprochera pas à l'Auteur d'avoir trop d'estime pour un homme qui merite celle de toutes les

personnes qui le connoiſſent:
Mais c'eſt qu'enfin les façons
de parler dont cét Auteur ſe
ſert : *cela me plaiſt , cela ne me
plaiſt pas* , ne ſçauroient jamais
plaire au public : & il eſt aſſez
difficile de s'imaginer qu'un
honeſte-homme qui auroit ainſi parlé à un amy particulier,
prît plaiſir en ſuite de le redire
à toute la terre dans une impreſſion publique. Car enfin
entre amis où les paroles doivent étre auſſi libres que les
penſées ; ce n'eſt qu'une liberté honneſte & permiſe : Mais
en public, & quand tout le
monde en eſt témoin , c'eſt une
conduite qu'il ſeroit aſſez difficile d'accorder avec la modeſtie.

C'eſt ainſi qu'ils raiſonnoient,
& je leur fis cette objection.

Je pense, Messieurs, que vous
ne prenez pas garde que c'est
icy un Entretien familier, où
les choses doivent être dites fa-
milierement, & que sans cela
il ne seroit point ce qu'il est.
Le grand mal, me répondirent-
ils en riant, que cét entretien
ne fut point si familier, & qu'il
fut un peu plus raisonnable. Il
faut avoüer, poursuivirent-ils,
que vous avez là une admirable
pensée; comme s'il étoit permis d'être moins discret en dia-
logue qu'en toute autre maniere d'écrire, sous pretexte
que l'on fait dire ses propres
pensées à deux personnes ima-
ginaires qui n'ont jamais été.
On sçait bien que ces fictions
sont permises; qu'elles sont mémes ingenieuses, & que les plus
grands hommes de l'antiquité

s'en font fervy : mais leur
ufage ne doit être que pour dire les chofes avec plus de facilité , plus de netteté , plus d'a-
grément; mais non pas pour les
dire avec moins de difcretion
& de retenuë.

C'étoit , Monfieur , le fentiment de ces perfonnes-là ; mais
vous fçavez que chacun a le
fien : & ce n'eft pas là celuy de
nôtre Auteur qui continuë toûjours comme il a commencé.
L'Hiftoire de l'Academie Fran-
çoife , dit-il , eft vn des Livres
que j'aime le plus. Le Difcours
fur les Oeuvres de Sarafin , eft
vne tres-belle chofe. Et pourquoy cela? parce que (repond-
il) *je l'ay lû plufieurs fois , &*
l'ay toûjours lû avec plaifir.
Pour-moy , j'aimerois autant
dire : *Car tel eft nôtre plaifir,*

auſſi bien , ajoûtoit vn de ces Meſſieurs, ſon plaiſir luy tient lieu de raiſon ; il ne cite que cela , & il ne parle pas méme de l'Approbation publique qu'ont euë les Livres qui luy plaiſent. Quelle façon de juger, continuoient-ils , toute abſoluë , & independente de toute raiſon ! J'avois beau leur repreſenter que dans les matieres qui ne touchent point l'Etat ny la Religion , on eſt aſſez libre de dire ce que l'on veut. Il eſt vrai , me repliquoient-ils, que cela n'eſt pas deffendu par les loix du Royaume , ſous peine d'étre traité comme Heretique , ou Seditieux ; mais certainement l'honneſteté , & la bien-ſceance , qui ſont des Loix naturelles , le deffendent ſous peine de paſſer

pour peu discret, & peu retenu. Et enfin quoique l'on pre-
tende, & que l'on objecte ;
on sçait bien ,que les Esprits
sages, & judicieux mettent
toujours une tres-grande difference entre penser les choses
& les dire.

Les pensées sont secretes (me
disoient ces mémes personnes,) elles sont interieures, ca-
chées au fond de l'esprit qui les
forme, inconnuës à tous les autres; Enfin, on pense dans soy, on
pense pour soy; & alors on peut
agir avec toute liberté, sans
considerer autre chose que le
vray, & le faux. Car le seul
devoir que l'homme est obligé
de se rendre à luy-méme quand
il pense ; c'est de tácher à ne
point tomber dans l'erreur d'un
faux jugement; mais lors qu'a-
pres

près avoir pensé, il s'agit de parler, & de se faire entendre aux autres, ce n'est point assez que les choses que l'on veut dire soyent conformes à la verité, il faut encore qu'elles soyent proportionnées aux temps, aux lieux, aux personnes, & à toutes les circonstances qui forment la bien-seance, cette vertu si necessaire à ceux qui parlent, ou qui ecrivent.

Ils m'en dirent encore bien davantage; mais il faut que je me haste de vous nommer les Auteurs que le nôtre aprouve à peu prés de la méme sorte que les precedens.

L'Auteur *de la Preface qui a été depuis peu mise au commencement des Oeuvres de Balsac.*

L'Auteur *de la Preface de la nouvelle traduction de l'Eneide.*

D

L'Auteur *des Reflexions ou Maximes Morales.*

L'Auteur *du Discours qui a été mis à la tête de ces Reflexions.*

L'Auteur *des Conversations qui parurent l'an passé.*

L'Auteur *des Oeuvres que nous avons attendu long-temps, & dont les Plaidoyers font la principale partie.*

L'Auteur *de la Preface d'un de ses Amis sur de fort beaux Panegyriques.*

L'Auteur *de l'Histoire-Sainte sur le nouveau Testament.*

L'Auteur *des Observations sur les Poëmes d'Homere & de Virgile.*

A l'entendre ainsi proclamer tant de noms differens , il semble (dit-on) que l'on soit à la Tragedie de quelque College , & que l'on voit sur le Theatre , cet Auteur Regent

qui diftribuë les prix , au fon
de la trompette.

Voici encore quelques livres
qu'il nomme & qu'il approuve
de méme. *La Morale du Sage.*
L'Apologetique de Tertulien. Le
difcernement de l'Ame & du
Corps. Le Difcours Phyfique, de la
Parole. Les actions publiques d'un
celebre Predicateur. La Guide des
Pecheurs de Grenade , par Girard
les Paraphrafes fur les Epîtres
faint Paul.

Hé ! comment , me dit un de
mes amis, a-t'il pû mettre ce
dernier livre avec les autres ?
Pourquoi donc, luy dîsje ? n'eft-
ce pas vn excellent livre ; &
qui a vne grande reputation ?
Ce n'eft point pour cela, me
repliqua-t'il ; mais parcequ'il
a eu le malheur de ne plaire
pas à vne perfonne, que l'Auteur cite,& qu'il appelle vn des

Franc. Pavef. for.

plus judicieux Critiques de nôtre temps. Cependant ce Critique foûtient pofitivement, que
le Livre des Paraphrafes fur S.
Paul ne merite pas d'étre nómé

Ante-ra tus Gu-delius Epifco-pus Graffio-fis au E- login Au-reliani foriptor idoneus. Idem-que v-trum Poëta. pag. 13.

l'Ouvrage d'un homme , mais
d'vne petite femme *muliercula ;*
& par confequent , il faut de
neceffité , ou que ce Livre ne
foit pas bon, ou que le Critique
ne foit pas judicieux ; l'vn &
l'autre eft également contre
nôtre Auteur, & c'eft à lui de
s'en défendre comme il pourra.

Cependant , on trouve que
cette petite contradiction ne
lui vient point mal à propos
dans le méme temps que s'e-
rigeant en juge fouverain de
tous les Ouvrages , il s'imagine
mettre les vns dans le temple
de la gloire, & effacer les autres
de la memoire des hommes
felon qu'il les écrit , ou qu'il

ne les écrit pas, dans son Livre.

Voila justement comme doit agir un homme qui veut se faire dire ses veritez, car apres qu'il a ainsi prononcé son jugement, & qu'il a reglé & arrété à son gré, le nombre de ses bons Auteurs ; alors le Public qui vient là-dessus, & qui ne voit pas tous ceux pour qui il a de l'estime, ne manque point de s'en prendre au juge pretendu, & d'en dire librement sa pensée. On demande pourquoi il n'a pas nommé tels & tels Livres ? où est, dit-on, celui-ci, où est celui-là ? Il n'a pas seulement parlé de ce Catechisme si estimé, où le Grand Cardinal de Richelieu a écrit les plus profonds mysteres de la Religion, avec tant de netteté & d'eloquence.

D iij

Il ne dit rien des Oeuvres de M^r. le Garde des Sceaux du Vair, à qui la langue Françoise est redevable de tant d'ornemens.

Il a supprimé l'Histoire de Henri le Grand, par M^r. de Perefixe Archevesque de Paris, où la verité parle avec vne eloquence digne de la verité.

Il n'a pas marqué les Plaidoyers de Mr. le Maître, ny ces fameux Panegyriques qui ont été admirez de toute la France, & qui dureront autant que le nom du Grand Chancelier, pour qui ils ont été faits. Il n'a rien dit nonplus, ny des belles Traductions de Monsieur de Giry, ny des sçavans Discours de Mr. de Sillon, ny de tant de beaux Ouvrages de ces Messieurs de l'Academie , ny méme des Sentimens de cet Illuftre Compagnie fur le Cid ; & comme s'il étoit jaloux & ennemi de la gloire de France , il ne nomme que dix ou douze Auteurs dans vn fiecle , où Elle a produit vn fi grand nombre d'excellens Hommes , en toutes fortes de Science. Apres cela vous pouvez juger, fi l'on parle librement d'vn faifeur de Catalogue , & fi l'on fait difficulté de l'appeller de tous les noms qu'il merite.

Pour moy , à vous dire vray, j'ay toûjours regardé cette entreprife de juger ainfi publiquement , & abfolument, comme vn moyen de ne plaire à perfonne , ny méme à ceux qu'on loüe. Et en effet , ce n'eft pas ce me femble vn

D iiij

grand plaisir pour un homme
d'esprit, d'entendre vn nou-
vel Auteur qui lui dit;avec je ne
sçay quel air; *ce que vous fai-*
tes me plaist infiniment. Ie serois
d'avis qu'on leût la Preface que
vous avez écrite. Cét Ouvrage est
vôtre chef-d'œuvre, les autres ne
sont pas si fins ny si corrects : Car
voila comme loüe nôtre Au-
teur, & en verité on se passe
bien aisément de telles loüanges.

Que pensez-vous, dit-il, *de*
ces Solitaires qui ont tant écrit de-
puis vingt ans? Tout le monde
sçait de qui il entend parler, &
il ne sert de rien icy d'en sçavoir davantage, ny d'examiner
s'il y a quelque cause particuliere, qui oblige l'Auteur de
les critiquer plûtôt que d'autres; je ne m'en mets nulle-

ment en peine ; je n'examine que son Livre, & ce que je ne trouve point là, je ne le chercheray point ailleurs.

Voicy donc comme il se répond à luy-même. *Je leur fais justice*, dit-il, *car il la faut faire à tout le monde.* Ce, *car il la faut faire à tout le monde*, donne une méchante idée. On diroit que l'Auteur ne leur fait justice que malgré luy, & que s'il étoit permis de ne la pas faire à tout le monde, il seroit fort aisé de s'en dispenser à leur égard. Je n'examine point cela par les maximes de la Morale : mais vous m'avoüerez que selon les regles de la Critique, l'Auteur a fait une faute de n'avoir pas caché sa passion ; parce que jamais une passion ne doit paroître dans un jugement.

Il s'attache ensuitte à criti-

D v

quer la traduction de l'Imitation de J. C. & je ne veux pas
dire abſolument qu'il n'a pas
dû le faire; mais puiſqu'il y a
tant d'autres Livres qui s'of-
froient à luy ſur toutes ſortes
de matiere, on ne peut pas douter qu'il n'eût mieux fait de ne
toucher point à celuy-cy, & de
le laiſſer tout entier à la pieté
publique.

Que ſi l'on veut abſolument
en venir à la Critique; on doit
au moins y garder une grande
moderation & ne traiter
qu'avec reſpect des mots qui
ſont en quelque façon conſa-
crés par la ſainteté des choſes
qu'ils ſignifient. On ne ſçauroit alors trop conſiderer, que
les differens ſujets demandent
des expreſſions differentes ; &
que s'il y a ſelon l'Auteur des

façons de parler qui font propres à la converfation, il peut
à plus forte raifon, y avoir
auffi des manieres de s'exprimer particulierement deftinées
à la devotion.

Je vous puis affeurer, Monfieur, que je ne vous écris rien
en tout cela, que je n'aye oüi
dire aux plus honêtes gens. Et
c'est pourquoy je ne comprens
point ce que l'Auteur trouve à
redire à ces expreffions. *Con-*
ferver fon ame dans la privation
des douceurs. Rendre fon ame vui-
de de l'affection de toutes les crea-
tures; & quelques autres fem-
bables qui font les plus fimples
dont on fe puiffe fervir dans la
devotion & dans la Theologie
myftique.

Je demande auffi à des perfonnes d'efprit, & même de
A vj

l'Academie, quel mal il y a dans ces autres mots que l'Auteur condamne ? *Refferrement, déchirement, brifement, obscurciffement, attiediffement, enyvrement :* & ils me répondent que ce font de fort bons mots, qu'ils font fort propres, même dans les matieres physiques, & encor plus dans les chofes morales, parce qu'ils expriment tout-à-fait bien les differens états du cœur humain, qui eft le principal fujet de la Morale.

Que s'il y a quelques autres mots à qui il manque vn peu d'ufage ; ce n'eft pas, ce me femble, un fi grand fujet de raillerie, & d'exclamation. Quoy ! des perfonnes habiles trouvent des mots nouveaux fort raifonnables & bien pleins de fens, ils les expofent

public & les hazardent pour
tâcher d'enrichir la langue: y
a. t'il là quelque choſe qui me·
rite que l'Auteur s'écrie publiquement. *Bon Dieu quel langage!*
cela m'eſt inſuportable ; & tout
ce qu'vne Precieuſe pourroit
dire.

On ſçait bien que dans les
langues on doit accommoder
la raiſon à l'uſage ; mais cela
n'empéche pas qu'on ne puiſſe
auſſi eſſayer peu à peu d'y accommoder l'uſage à la raiſon:
puiſque ſans cela les langues
ne peuvent jamais étre parfaites.

Mais l'Auteur des Entretiens
s'en mocque , & quelque
raiſon qu'on luy puiſſe donner,
il ne veut pas qu'il ſoit jamais
permis de faire des mots nouveaux ; *comme ſi* , dit-il en riant,

l'Academie, quel mal il y a dans ces autres mots que l'Auteur condamne ? *Refferrement, déchirement, brifement, obscurciffement, attiediffement, enyvrement :* & ils me répondent que ce font de fort bons mots, qu'ils font fort propres, même dans les matieres phyfiques, & encor plus dans les chofes morales, parce qu'ils expriment tout-à-fait bien les differens états du cœur humain, qui eft le principal fujet de la Morale.

Que s'il y a quelques autres mots à qui il manque vn peu d'ufage ; ce n'eft pas, ce me femble, un fi grand fujet de raillerie, & d'exclamation. Quoy ! des perfonnes habiles trouvent des mots nouveaux fort raifonnables & bien pleins de fens, ils les expofent public & les hazardent pour tâcher d'enrichir la langue : y a t'il là quelque chofe qui me rite que l'Auteur s'écrie publiquement. *Bon Dieu quel langage!* *cela m'eft infuportable ;* & tout ce qu'vne Precieufe pourroit dire.

On fçait bien que dans les langues on doit accommoder la raifon à l'ufage ; mais cela n'empéche pas qu'on ne puiffe auffi effayer peu à peu d'y accommoder l'ufage à la raifon: puifque fans cela les langues ne peuvent jamais être parfaites.

Mais l'Auteur des Entretiens s'en mocque , & quelque raifon qu'on luy puiffe donner, il ne veut pas qu'il foit jamais permis de faire des mots nouveaux ; *comme fi* , dit-il en riant, *des particuliers & des solitaires avoient une autorité que les Rois mémes n'ont pas.* En verité, Monſieur, je n'avois pas encor oüi dire qu'il falloit une autorité plus que Royale pour former de nouveaux mots ; & je croyois méme que ſans nulle autorité il ne falloit qu'un peu de Grammaire. Je ne ſçay point non plus pourquoy les Rois n'en pourroient pas faire , s'il leur plaiſoit de s'y appliquer, ny ſi delà il s'enſuivroit que les particuliers n'en peuſſent faire non plus que les Rois : Comme ſi l'on ne ſçavoit pas que ce n'eſt point là l'occupation de la Majeſté, ny l'exercice de l'art de regner, mais ſeulement l'ouvrage d'un Grammairien. C'eſt donc à peu prés de méme que ſi l'on diſoit, qu'il eſt étrange

qu'un Grofellier porte des
Grofeilles, puifqu'un Oranger
qui eft un bien plus bel arbre
n'en porte point. Voilà où fe
reduit la raillerie de l'Auteur;
& il devoit y avoir pris garde:
car quoy qu'il foit permis de
rire, il ne faut pas neanmoins
que le rifible etouffe ainfi le
raifonnable.

Mais enfin, Monfieur, quoy
que l'Auteur puiffe dire, il a
fait luy même de ces fautes
qu'il trouve fi épouventables.

Par exemple, *Arifte & Euge-*
ne fe rencontrerent durant la plus
belle faifon de l'année; on ne dit
point *fe rencontrer durant une fai-*
fon, ny en François, ny en toute langue ; parce que *durant* fignifiant de la durée, & *rencon-*
trer fignifiant une action d'un
moment, ou du moins le pre-

mier moment d'une action ; on
voit bien que ces deux mots ne
s'accordent pas enfemble.

On dit *fe divertir durant une
faifon , fe voir , s'entretenir* , mais
point du tout *fe rencontrer.*

*Ils choifirent pour le lieu de leur
entreveuë un endroit au bord de la
mer ;* le mot *entreveuë* n'eft bon
que pour la premiere rencontre ; or icy Arifte & Eugene
s'étoient déja veus & parlé ;
c'étoit méme en fe voyant &
en fe parlant qu'ils choifirent
ce lieu, & par confequent on ne
doit plus l'appeller le lieu de
leur *entreveuë* ; mais de leur *ren-
dévous* de leur *converfation* , ou
de leur *promenade.*

La fcience des Devifes eft courte.
Il eft vray que c'eft une affez
courte fcience ; mais ce n'eft
pas là le fens de l'Auteur, qui

l'eſtime au contraire la plus belle ſcience & la plus étenduë qui ſoit parmy les hommes.

Il veut dire *qu'elle inſtruit dans un moment* ; ainſi le mot *courte*, eſt tres-équivoque, & par conſequent contraire à la netteté du ſtile. L'Auteur s'en ſert pour exprimer une bonne qualité, & il ſignifie preſque toûjours un defaut. On dit, la prudence des hommes eſt courte, pour dire qu'elle eſt deffectueuſe: on dit auſſi, un homme à une courte haleine, il a la veuë courte, & toutes ces expreſſions communes marquent des defauts.

Il y a encore de l'équivoque dans cette autre expreſſion, *la revolution journaliere du premier mobile* ; l'Auteur veut que le mot *journaliere* ſignifie un mou-

vement reglé de chaque jour
& il signifie une chose incon-
stante & déreglée : comme
quand on dit communément,
que *les armes sont journalieres*,
pour marquer l'inconstance de
la fortune dans les évenemens
des armes.

Déméler un mouvement, si
l'Auteur avoit veu ces deux
mots dans le Livre qu'il critique, il diroit *qu'ils ne sont pas
faits l'un pour l'autre* : on dit *causer un mouvement*, *l'arrêter*, *l'interrompre*, *le connoître* : maisnul-
lement le *déméler*. Et je m'é-
tonne que l'Auteur ait pû dire
déméler un mouvement, luy qui
ne peut souffrir que l'on dise
acquerir de l'éclat.

*Il fut contraint de dire adieu à son
amy & à la mer, dans un temps où il
pensoit joüir de l'un & de l'autre.*

On ne doit point *joüir de la mer*
nõ plus que *joüir de la terre;* & la
raiſon de cela, c'eſt que pour
joüir , il faut un bien quel qu'il
ſoit , utile , honeſte , agreable:
Or quãd on dit ſimplement la
mer , on ne marque nul bien,
nul objet de joüiſſance ; & par
conſequent on ne peut point
dire joüir de la mer , à moins
que d'y ajoûter quelque autre
mot , comme, joüir des treſors
de la mer.

Je ne vous fais point icy
un long recit de pareilles
fautes ; & je ne vous en euſſe
pas marqué une ſeule , ſi l'Auteur les avoit auſſi peu conſide-
rées dans les autres que je les
conſidere peu dans luy. Mais il
étoit juſte de vous montrer
qu'il a fait luy-méme de ces
fautes qui luy paroiſſent ſi

enormes ; & que sa delicatesse
n'a pas laissé d'enfanter de ces
monstres qui lui font tant de
frayeur.

Ce n'est pourtant pas-là ce
qu'il doit craindre, ny ce qui
decreditera son Livre ; & si ce
Livre n'a pas dans le monde,
tout le succez qu'il en atten-
doit , on ne dit point que ce
soit à cause de ces sortes de
fautes qui y sont ; mais à cause
de la solidité , & de la justesse
d'esprit qui n'y sont pas. On
luy pardonneroit aisément ces
petits deffauts qu'il a tant exa-
gerez ; & l'on sçait bien que
les meilleurs Esprits s'y laissent aller quelquefois , car il
faudroit étre bien esclave des
mots & bien attaché aux paroles , pour n'en laisser jamais
échaper, principalement quand

on eſt appliqué à des choſes grandes, hautes, & qui emportent toute l'attention.

C'eſt pour cela que l'on trouve mauvais, qu'il ait critiqué, comme il a fait, la Traduction du Livre de l'Imitation de Jeſus-Chriſt ; & d'autant plus que lui-même n'ayant traduit qu'vn ſeul paſſage dans tout ſon Li vre, ne l'a pas traduit comme il faut.

C'eſt vn paſſage, où ſaint Jerôme compare le monde à la Mer : *Nolite credere, nolite eſſe ſecuri, magnos hic campus montes habet...... intùs incluſum eſt periculum, intùs eſt hoſtis; tranquillitas iſta tempeſtas eſt.* L'Auteur traduit, *Ne vous y fiez point, ne ſoyez point en aſſu-»rance, il y a des Montagnes ca-» chées ſous cette ſurface ſi égale ;*

» *l'ennemi, le peril eſt au dedans*;
» *ce grand calme eſt vne tempeſte.*

Premierement, *ne ſoyez pas
en aſſurance* , n'eſt pas bien : il
faut , ne vous imaginez point
étre en ſeureté. C'eſt là le propre ſens des paroles Latines ,
nolite eſſe ſecuri , & c'eſt auſſi
le ſens de ſaint Jerôme , qui
ne deffend point d'étre en
ſeureté, ny de s'y mettre autant qu'on le peut ; mais ſeulement de s'imaginer dange-
reuſement, que l'on eſt en ſeureté , lors qu'en effet on n'y eſt
pas.

En ſecond lieu *l'ennemi , le
peril eſt au dedans* , eſt vne mau-
vaiſe conſtruction , & qui ne
retient rien du poids , du nombre , & de la force du Latin.
Il falloit au moins , *l'ennemi eſt
caché; le peril eſt au dedans* ; *ce*

grand calme *est vne tempête.*
Ces paroles répondent beaucoup mieux à celles de faint
Jerôme, *inclufum eft periculum,*
intùs eft hoftis, tranquillitas ifta
tempêstas eft.

Apres cela, Monfieur, nous
n'avons qu'à regarder vn peu
nôtre Auteur, fur le fujet des
longues parenthefes, des grandes periodes, des exagerations,
& des hyperboles ; car il parle
encore de tout cela. ——

On dit premierement, qu'il
a raifon de condamner les longues parenthefes ; mais on dit
auffi qu'il a tort en deux chofes : en ce qu'il en accufe
ces Auteurs, qu'il appelle
folitaires, fans en rapporter ny
preuve, ny exemple & encore
en ce que lui-même s'y embaraffe fort fouvent dans tout

son Livre.

Pag.
221.

C'est je ne sçai quoi, dit-il, *de divin, qui rend vn bel esprit, (que la Providence de Dieu, a de-stiné au gouvernement d'vn Em-pire,) qui le rend, dî-je, natu-rellement droit.* Il ne faut point d'autre preuve de cette lon-gueur de parenthese, que le mot, *dî-je*, par lequel l'Auteur fait bien voir, qu'il a laissé le verbe si loin de son regime, que de peur qu'on ne s'en sou-vienne plus, il est obligé de le reperer.

Mais en voicy vne autre dont je ne diray rien qu'apres que vous l'aurez veüe.

Pag.
99.

Que si les paroles ne conviennent qu'à la figure (comme d'un Cadran sous vn Soleil couvert d'vn nuage.

Mihi tollunt nubila Solem, *c'est la devise qui fut faite pour Anne*

Anne d'Autriche, l'an mil fix cens
quinze, lors que Loüis le Iufte,
faifoit la guerre aux Rebelles) fi
fi les paroles di-je, ne convien-
nent &c. Et bien, Monfieur, vous
la voyez, cette paranthefe;
& affurément, ce ne fera pas
exagerer de dire qu'elle eft
affez longue, pour en faire trois
ou quatre de bonne mefure.

Elle n'a pourtant pas plus d'é-
tenduë, que celle de la page
252. *Ce qui nous charme, dit-il,*
dans ces Tableaux excellens, dans
ces Statuës prefques vivantes, (à
qui il ne manque rien que la parole :
ou plûtôt à qui la parole méme ne
manque pas, fi nous en croyons
nos yeux.

MANCA IL PARLAR, DI VI-
VO ALTRO NON CHIEDI,
NE MANCA QVESTO ANCOR,
S'A GLI OCCHI CREDI)

E

Ce qui nous charme, disje.

Je n'ay rien à vous dire sur celle-là, & vous n'avez qu'à la voir, & à la mesurer. C'est la derniere, que je vous marqueray ; car je vous ennuirois de rapporter toutes les autres, qui sont dans son Livre, où l'on rencontre vingt-fois le mot, *disje*, avec lequel, il tâche de les corriger autant qu'il peut.

Pour ce qui est des grandes periodes, l'Auteur fait à leur égard la même chose, qu'à l'égard des longues parentheses ; Et aussi quand la parenthese est longue, la periode ne peut plus être courte ; Il accuse ces *solitaires*, de faire de grandes periodes ; mais il n'en rapporte point d'exemple ; & c'est ce qui étonne le monde, car on n'auroit pas crû qu'il luy auroit été impossible d'en

tirer quelques-vns de tant de
volumes qu'ils ont compofez.
Il cite feulement la premiere
periode de la Vie de Dom Bar-
thelemy des Martyrs ; & ce
n'eft pas vn fort bon figne
pour luy , de ne l'avoir que
citée , fans la rapporter toute
entiere.

Mais quoy qu'il en foit de
ces Auteurs ; qu'ils faffent, ou
ne faffent pas de longues periodes ; il eft certain, au moins
que le nôtre en fait dans fes
Entretiens ; & c'eft ce qui
eft affez rare, que des periodes
dans des Entretiens. Car qu'eft-
ce qui oblige à cela ? rien
ne gefne ; on eft libre ; on s'in-
terompt quand on veut , &
pourquoy donc faire de longues periodes? Il en a fait neanmoins , & ce qui eft plaifant, il

E ij

en a fait dans l'endroit même,
où il se raille de ceux à qui il
reproche d'en faire.

Voyez, Monſieur , quelle
longueur. *Ils aiment* , dit-il ,
les diſcours vaſtes , les longues pa-
rentheſes leur plaiſent beaucoup ,
les grandes periodes , & ſur tout
celles qui par leur longueur exceſſi-
ve ſuffoquent ceux qui les liſent ,
comme parle vn Auteur Grec , ſont
tout à fait à leur gouſt.

Certes , s'il y eut jamais vn
diſcours ſuffoquant , c'eſt celuy-cy , ou l'on diroit que l'Auteur veut parler Latin en François : car il y met le verbe à la
fin.

Quel embaras pour rien ! il
n'avoit qu'à dire , *Les grandes*
periodes ſont tout à fait à leur
gouſt, & ſur tout celles qui par leur

longeur exceßive *suffoquent ceux
qui les lisent , comme parle vn
Auteur Grec.*

J'ai veu bien rire, de cette
citation ; car à quel propos cet
Auteur Grec, & pourquoy le
faire venir de si loin ? y a-t'il la
quelque chose qu'vn François
ne puisse dire ? *les longues periodes suffoquent ceux qui les lisent!*
n'est-ce pas vne façon de parler, que tout le monde sçait ?
Il me semble que j'entens de
ces gens , qui pour faire voir
qu'ils lisent les grands Livres,
ne manquent point, en parlant
des choses les plus communes
d'ajoûter toûjours , comme
disoit autrefois Platon , & Aristote ; mais comme disoient
aussi leurs Valets , & leurs
Servantes ; car tout le monde
dit cela.

E iij

Nous voicy, Monſieur, aux exagerations & aux hyperboles, que l'Auteur traite comme les parentheſes & les periodes; il les condamne, & il en fait. Tout ce qu'il dit des qualitez de la Deviſe, n'eſt qu'une longue & hyperbolique exageration, témoin cét endroit où il s'écrie : *Bon Dieu ! que de beautez , que de choſes , j'y trouve l'Hiſtoire naturelle , avec l'Hiſtoire heroïque , les beaux Arts & les belles langues; la Poëſie , la Politique & la Morale.*

Cela veut dire, Monſieur, (en le reduiſant à ſa juſte valeur) quelques endroits de toutes ces ſciences; ceux qui ſont les plus communs, & que tout le monde ſçait, ſans étre ny Hiſtorien, ny Philoſophe, ny Orateur, ny

Politique, ny fort ſçavant dans les langues.

Voi,a, Monſieur, le ſujet des exagerations & des hyper-boles de nôtre Auteur.

Mais peut-être auſſi qu'il les a faites ſans y penſer : Car on diroit qu'il ne les connoît point,& qu'il ne ſçait pas qu'u-ne hyperbole eſt une expreſ-ſion plus grande que le ſujet qu'elle exprime. S'il le ſçavoit, je doute qu'il eût appellé hy-perboles des expreſſions déta-chées de toutes ſortes de ſujets, comme celles de la page 136. 1,7. *Vne audace qui n'eut jamais de pareille. La plus grande & la plus puniſſable de toutes les har-dieſſes. La plus étrange temeriſé & la plus groſſiere ignorance qui fut jamais. La plus ſanglante de toutes les invectives, & la plus*

E iiij

signalée de toutes les fourberies.
Vn égarement prodigieux.Vne ex-
tréme foiblesse d'esprit: Vn effroya-
ble excez de malice & de folie.

Vous étes je croy bien surpris
de voir que l'Auteur trouve à
redire à ces expressions : car enfin elles sont belles, pures, &
Françoises,s'il y en eut jamais.
Que si avec cela il prétend
qu'elles sont hyperboliques ,
c'est à dire qu'elles sont plus
grandes que le sujet ausquels
on les a apliquées ; c'est à luy
sans doute à raporter ce sujet;
& apres cela il ne faudra qu'un
moment pour voir si elles sont
si démesurées.

Mais de prétendre que l'on
jugera de la proportion d'une
chose que l'on connoît avec
une autre que l'on ne connoît
pas ; s'imaginer que des gens

raifonnables croiront qu'il y a
de l'hyperbole dans une expref-
fion, fans rien fçavoir du fujet
qu'elle exprime; c'eft, dit-on,
une plaifante imagination, &
fur laquelle il y auroit bien des
chofes à dire fans hyperbole.

Je n'examine point apres cela le Dictionnaire que l'Auteur
fait de tous les mots qui ont
cours depuis trente ou quarante ans. Car en un mot, tous ces
mots qui occupent pres de
trente pages, ne font, comme
on dit qu'vne nouvelle methode pour faire des Livres en peu
de temps & à peu de frais.

Je n'ay donc plus rien à vous
dire fur le long du Difcours de
l'Auteur, finon qu'il le couron-
nt par l'Eloge du Roy; & j'a-
voüe qu'il ne pouvoit mieux finir. Il n'a point de Critique à

craindre en loüant comme il fait un si grand Monarque ; & toute l'Europe qui l'admire, sçait bien qu'avec toutes les Royales qualitez qu'il possede, il a encore celle de parler parfaitement sa langue, & mieux que personne de son Royaume ; ce qui est l'Eloge des Scipions & des Cesars.

Que l'Auteur dise donc, & sans craindre d'en trop dire, que si *le Roy vouloit écrire son Histoire, les Commentaires de Loüis vaudroient bien ceux de Cesar.*

Qu'il dise, que comme *c'est de luy que les Rois doivent aprendre à regner, c'est aussi de luy que les peuples doivent aprendre à parler.*

Tout aplaudit à l'Auteur quand il parle de la sorte ; & j'y ajoûte seulement, (car l'Eloge du Roy est un Ouvrage ou

l'on ajoûtera toûjours) j'y
ajoûte que les peuples apre-
nant de luy à parler, doivent
encore aprendre à vivre. Car
enfin tant d'heroïques tra-
vaux qu'il a ſoûtenus, tant de
glorieux deſſeins qu'il a fait
reüſſir, tant d'autres qu'il conduit chaque jour à la gloire,
ce grand poids du gouvernement qu'il porte ſeul & ſans
Miniſtre; ces vaſtes fonctions
de la Royauté, qu'il remplit
avec une aplication ſi continuelle & ſi heureuſe; ne ſont-
ce pas les exemples du monde
les plus illuſtres, par leſquelles
il enſeigne à ſes Sujets à s'a-
pliquer chacun à ſon devoir;
& à l'Auteur méme à ne ſe pas
diſpenſer du ſien, pour ſe diſſi-
per dans des bagatelles ſi peu
conformes à ſa profeſſion, & ſi

E vj

peu dignes d'étre placées dans un méme difcours avec les loüanges d'un grand Roy?

Je m'arrête, Monfieur, à la veuë de cette grandeur éton-nante ; elle me paroît comme une mer dont la prodigieufe étenduë que je voy, n'eft rien en comparaifon de celle que je ne fçaurois voir. Je regarde de tous côtez, & ne découvrant point de bornes ; je me trouve obligé de finir tout d'un coup de peur de ne finir jamais. Je fuis, &c.

QVATRIE'ME LETTRE.

MONSIEUR,

On trouve de fort bonnes choses dans le troisiéme Entretien de nôtre Auteur. Il le nomme *le Secret* ; & c'est comme un petit Recüeil historique de tout ce qu'il y a de plus curieux sur cette matiere. On y voit des devises, des mots politiques, des exemples de toutes sortes ; le Sphinx Dieu de l'Enigme gravé sur le cachet d'Auguste, le mot de Loüis XI. Roy de France, *qui nescit dissimulare, nescit regnare* ; le mot de Metellus, de Pierre Roy d'Aragon, & du Pape Martin I V. *Si ma chemise sçavoit mon dessein, je la brulerois*; l'exemple des Juges de l'Areopage; l'exemple des Senateurs Romains; l'exemple de Scipion, d'Annibal, de Tibere, de Pompée qui se brula le doit pour ne pas découvrir les secrets de la Republique; l'exemple d'une femme d'Athenes qui se coupa la langue pour ne point dire ce qu'elle vouloit cacher; l'exemple de la Republique de Venise dans la ligue faite contre Charles VIII. Roy de France; l'Histoire du rétablissement des Rois de Portugal en la personne du Duc de Bragance; l'Histoire du jeune Papyrius, qui trompa adroitement la curiosité de sa mere pour luy cacher la resolution du Senat.

On voit d'autre côté les exemples & les Histoires con-

traires : l'Epitaphe d'une femme Efpagnole qui parloit toûjours & qui mourut n'ayant
plus rien à dire ; la plaifanterie
d'un Valet dans Terence , qui
dit qu'il eft percé de toutes parts , & qu'il ne peut rien
retenir ; Pafquin avec un bail-
lon fur lequel eft écrit, je creve,
io crepo. Outre cela il y a des
comparaifons , & des penfées
de Plutarque, de Valere Maxime, de Tacite, d'Ariftote,
de Socrates, & de plufieurs autres differens Auteurs que l'on
trouve pourtant quand on
veut dans un même Livre.

Plen-
rimar-
cenfum,
boc atq;
illac per-
fluo Te-
rent. in
Eunuch.

Ainfi, Monfieur, toutes les
parties de cét Ouvrage font
excellentes, & des meilleurs
Maîtres de l'antiquité: De forte qu'on ne fçait pas comment
il fe peut faire que l'Ouvrage

entier ne ſoit pas achevé. Cependant de quelque maniere
que cela ſe faſſe, les perſonnes
d'eſprit y trouvent bien des defauts, & méme dés la huitiéme
ligne; car il ſemble que l'Auteur ſoit deſtiné à commencer
toûjours par quelque faute.

*Vous voyez bien, mon cher Ari-
ſte, luy dit Eugene apres luy avoir
communiqué une affaire fort importante, que je ne m'ouvrirois pas
à vous comme je fais, ſi je n'étois
perſuadé qu'on ne riſque rien en
vous confiant un ſecret.*

Il falloit donc neceſſaire-
ment apres cela, que l'Auteur
des Entretiens fiſt de ſon Ariſte
un homme retenu, ſecret, &
fidele, juſqu'à pouvoir étre *vn
martyr de la fidelité*, comme il
dit en quelque endroit. Cependant il n'eſt rien de tout

cela : ce ne sont point là les qualitez que l'Auteur luy donne dans cét Entretien. Au contraire il en fait un homme qui est peu scrupuleux en matiere de secret, & qui a bien de la peine à comprendre quon soit obligé de le garder à qui ne nous le garde pas. *Comment, dit-il, si de vôtre confident, il est devenu vôtre ennemy, luy devez-vous une fidelité si exacte ?* Et dans un autre endroit où Eugene soûtient *qu'il ne faut jamais dire à personne ce qui a été dit en confidence :* Hé quoy ! interrompt-il avec étonnement, *ne peut-on pas dire à un Amy intime tout ce qu'on sçait ?*

Vous voyez, Monsieur, combien Ariste a de méchantes opinions, sur l'obligation de garder le secret ; de sorte qu'Eu-

gene eſt contraint de luy dire
fortement, *Que nous ne ſommes
pas maîtres des ſecrets d'autruy :
Que ce ſont des depoſts, dont nous
ne pouvons diſpoſer; Que ſi les Iu-
riſconſultes condamnent de larcin
vn homme, qui employe vn dépoſt
d'argent, contre la volonté de la
perſonne, qui luy a mis entre les
mains ; on doit condamner d'inſi-
delité, celuy qui découvre le ſecret
d'vn autre, ſans ſa permiſſion ;
quoyque les gens, à qui il le découvre ſoyent fideles.* Ariſte eſt
donc bien peu diſcret, puiſqu'il a beſoin qu'on luy diſe
tant de choſes, pour luy apprendre à le devenir ; & Eugene eſt bien imprudent de
luy avoir communiqué vne
affaire importante, croyant
qu'il ne riſquoit rien, lorsqu'il
riſquoit tout ; car il connoît

bien maintenant que fon fecret eft en danger d'aller d'ami
en ami , & de faire bien du
chemin en peu de temps. On
ne peut point diffimuler, apres
cela, que les fautes de ces deux
perfonnages ne faffent bien du
tort à l'Auteur; car il femble
qu'il ne connoiffe pas ce que
c'eft qu'eftre honnéte homme;
puifqu'ayant formé fon Arifte
& fon Eugene, felon toute l'i-
dée qu'il a de l'honnéteté ; il
n'en a fait que deux étourdis
qui fe contredifent perpetuel-
lement : & il eft certain que
cette contradiction , eft vne
des grandes fautes, qu'on pouvoit faire dans vn difcours ,
où il n'eft parlé que de retenuë
& de prudence.

Dira-t'on pour le juftifier,
qu'Arifte eft plus fage, quand

il luy plaît ; & qu'au commencement de cet Entretien , il
fait paroître les plus beaux
Sentimens du monde, touchant
l'obligation inviolable de garder le secret.

Ie sçay bien, dit-il , *que c'est*
vne action infame que de violer
le secret d'vn ami ; & continuant
sur ce principe, il dit tout ce
qui se peut dire , jusqu'à condamner comme vne *espece de*
sacrilege , le manquement de
foy dans le depost d'vn secret.
Mais enfin, ces beaux Sentimens d'Ariste, sont tellement
contraires à ceux qu'il avoit
tout à l'heure qu'on ne peut
pas s'imaginer qu'ils viennent
d'vn méme esprit : & il semble
que l'Auteur, qui les luy fait
dire ne les à ny conceüs , ny
produits ; mais qu'il les a pris

seulement , comme il les a
trouvez , sans se mettre en peine d'autre chose , que du stile.

On remarque bien ces grands
Sentimens , & d'autant plus
qu'on les voit avec d'autres
qui ne le sont pas ; mais à quoy
cela sert-il , dit-on , si ce n'est ,
à montrer d'avantage la contradiction , & le peu de force
de l'Auteur , qui ne peut pas
soûtenir vn même caractere
pendant vn discours d'en-
viron quinze feüillets.

On le trouve bien hardi
apres cela, d'attaquer luy seul
la moitié du monde , en décla-
mant comme il fait , contre
toutes les femmes.

Il semble , dit-il , *qu'elles ayent
toutes beu des eaux de ce Lac d'E-
thiopie , dont Diodore de Sicile
fait mention , qui troublent telle-*

ment l'esprit de ceux qui en boi-
vent, qu'ils ne peuvent rien cacher
de ce qu'ils sçavent; Car elles n'ont
pas la force de se taire ; & le si-
lence leur est vn fardeau insupor-
table , pour vser des termes du
Poëte Grec. Dés qu'on leur a dit
vn mot à l'oreille , elles ont vne
furieuse demangeaison de causer;
elles étouffent , elles crevent , si
elles ne parlent. Mais elles n'ont
garde d'étouffer , ny de crever;
il n'y en a pas vne , qui ne se sou-
lage bien-tôt : les plus retenues ne
celent rien à leurs confidentes , &
chaque femme a la sienne.

Certes l'Auteur en dit beaucoup , & encore de la maniere
dont il le dit , on croiroit qu'il
en pense davantage. Mais enfin s'il luy semble , que toutes
les femmes ont bû de ces eaux,
qui font parler ; il semble aussi

à bien des gens, qu'Arifte leur
a fait raifon , puifqu'il veut
comme l'on vient de voir, *qu'il*
foit permis de tout dire à vn amy.

Mais on ne doit pas s'arrêter plus long-temps, à ces forte de difcours generaux , qui
ne font jamais , ny entierement
faux , ny entierement vrays.
Il fuffit pour y répondre , de
dire qu'ils font toûjours tres-
injuftes , ne convenant point
à la plufpart des perfonnes que
l'on y comprend , & principalement quand ils font abfolus
& fans exception, comme celuy de l'Auteur , contre les
femmes ; car il n'en excepte
perfonnes *pas les plus retenuës;*
pas vne enfin Et il leur reproche à toutes , d'avoir du
babil.

Croyez vous, Monſieur, que ce mot ſoit du bel vſage, pour parler le langage de l'Auteur: Cela me fait reſſouvenir d'vn Auteur grave, qui écrit dans vn grand Livre, que les hommes ont bâti *la Tour de Babel*, & les femmes *la Tour de Babil*.

Nôtre Auteur enſuite rapporte, qu'vne femme d'Athenes ſe coupa la langue avec les dents, & la cracha au viſage d'vn Tyran, qui vouloit ſçavoir d'elle ce qu'elle ne vouloit pas dire; de ſorte qu'elle eut le courage d'ajoûter encor cette douleur volontaire aux geſnes & aux tortures, qu'elle ſouffroit avec vne fermeté incroyable.

Il parle auſſi de la Statuë que les Atheniens luy dreſſerent, pour étre vn témoigna-
ge pu-

ge public & perpetuel de fa fidelité, & de fa conftance. & apres avoir raconté cette Hiftoire fi admirable, voicy le plaifant Commentaire qu'il y fait.

Cette femme, dit il, *avoit raifon de craindre que fa langue ne luy joüât un mauvais tour ; & elle fit fagement de s'en défaire*

On voit bien que l'Auteur veut railler; mais, Monfieur, qu'il entend mal la raillerie : la belle reflexion qu'il fait fur la generofité toute heroïque de cette femme, fi digne des honneurs publics que les plus fages des hommes luy rendirent : le beau fentiment encore un coup, de dire fur cela *qu'elle avoit raifon de craindre que fa langue ne luy joüât un mauvais tour.*

Serieufement, Monfieur, les

F

personnes raisonnables d'sent
que ce n'étoit point là un endroit à rire; & qu'on ne sçau-
roit faire un plus mauvais usage de la raison, que de rire
ainsi des choses que l'on doit
admirer. Mais on trouve plai-
sant le conseil qu'il donne aux
» autres femmes. Toutes les au-
» tres, dit-il, ne feroient pas mal
» de se couper la langue, pour
« étre secrettes; encore ne sçay-
» je si apres cela il ne faudroit
» point s'en défier. Car je ne
» voudrois pas jurer qu'elles ne
« parlassent sans langue. Je suis
» seur au moins que si les paroles
» leur manquoient, elles auroient
» recours aux signes, pour faire
» entendre à tout le monde ce
» qu'elles ne pourroient pas dire.
　　Il semble que l'Auteur soit pi-
qué au jeu, & qu'il y ait icy plus

que de la raillerie. Car apres
tout, de la maniere qu'il s'explique on diroit qu'il voudroit
que les femmes ne peuſſent ny
parler, ny faire des geſtes; qu'elles n'euſſent ni langue ni mains.

Quoy qu'il en ſoit, Monſieur,
vous voyez ce que l'on dit de
cét endroit ; & vous pouvez
juger par là de pluſieurs autres
qui luy reſſemblent.

En voicy un qui ne luy reſſemble pas ; mais que l'on trouve également defectueux par
un vice tout contraire: car dans
le precedent l'Auteur raille à
outrance, & dans celuy-cy il
eſt ſerieux juſqu'à l'excez.

Pour moy, dit-il, *je regarde les
perſonnes ſecrettes, comme de
grandes rivieres dont on ne voit
point le fond & qui ne font point
de bruit; ou comme ces grandes fo-*

reſts dont le ſilence remplit l'ame de je ne ſçay quelle horreur reli-gieuſe. I'ay pour elles la même admiration qu'on a pour les Oracles, qui ne ſe laiſſent jamais découvrir qu'apres l'évenement des choſes; ou pour la Providence de Dieu, dont la conduite eſt impenetrable à l'eſ-prit humain.

Ce qu'on voit d'abord dans cette Periode, ce ſont quatre comparaiſons, par leſquelles un même homme en même temps reſſemble aux Rivieres , aux Foreſts, aux Oracles, & à la Providence. Il y a là trop de figures & trop d'embaras.

La premiere comparaiſon qui eſt celle des Rivieres , ſeroit aſ-ſez bonne, ſi elle étoit ſeule; mais elle ſe gâte, étant avec les autres.

On dit que la ſeconde, qui eſt

cette *Religieufe horreur*, qu'on
a pour le *filence des bois*, eſt un
peu trop poëtique ; mais qu'elle eût été admirable au temps
que les Cheſnes ſervoient de
retraite aux Dieux , & qu'ils
étoient pour cela les objets de
la Religion des hommes.

La troiſiéme, qui eſt celle
des Oracles, eſt incompatible
avec la quatriéme, qui eſt la
Providence : Car comme les
Oracles dont parle l'Auteur &
qu'il diſtingue de la Providence, étoient des Demons qui
parloient dans des ſtatuës, &
qu'au contraire la Providence
divine eſt Dieu même : il
s'enſuit delà, que quand l'Auteur dit en même temps, qu'un
homme ſecret reſſemble aux
Oracles & à la Providence ;
c'eſt comme s'il diſoit, que cét

F iiij

homme eft Dieu & Diable
tout enfemble ; & cela fait un
affez plaifant proverbe.

Cependant l'Auteur eft icy
le plus ferieux & le plus froid
du monde.

J'ay, dit-il, *pour ces perfonnes
la même admiration que pour la
Providence.* Il ne rit pas comme
vous voyez, il admire ; & l'on
ne peut pas nier que fon admiration telle qu'il la reprefente,
ne le rende coupable de l'une
de ces deux erreurs ; ou d'admirer trop la Prudence humai-
ne, ou de ne pas admirer affez
la Providence divine

Il étoit neanmoins bien aifé
d'éviter ces extremitez qui
font fi éloignées l'une de l'autre, & qui ont entr'elles un fi
grand milieu. Mais c'eft là le
genie de l'Auteur, de ne pou-

voir trouver ny de temperamment ny de proportion. La
plûpart des choses qu'il dit sont
démesurées, & pour peu que
vous lisiez son Livre, vous y
trouverez cent endroits qui
sont encore plus que celuy-cy
hors de toute mesure & de toute proportion.

En voicy un d'vne autre nature que l'on m'a fait encore
remarquer *Il faut*, dit l'Auteur,
*qu'un secret non seulement meure
en nous, mais qu'il y pourisse selon
le mot d'Euripide, qui pour se sau-
ver d'un reproche qu'on luy faisoit
que sa bouche sentoit mauvais, dit
un iour qu'il ne falloit pas s'en
étonner, parceque plusieurs secrets y
avoient poury.*

L'Auteur a voulu dire vn
bon mot ; mais le mot, (ce me
semble) n'est ny bon , ny beau,

ny honnête, & n'a pas même
de sens. Car ou par la pouri-
ture du secret , il entend vne
mauvaise senteur , comme dans
Euripide ; & alors sa pensée
est tres-vilaine , & tres fausse :
ou il entend quelqu'autre cho..
se ; & en ce cas on pourroit
asseurer qu'il ne sçait luy-même
ce qu'il entend. Ce n'est pas
qu'Euripide n'eût raison avec
les secrets pourris ; car il s'ex-
cusoit par-là d'vn defaut , &
on s'excuse, comme on peut :
mais l'Auteur des Entretiens,
ne devoit pas (dit-on) faire
de cette petite pointe vne
grande & generale maxime
qui ne signifie rien , & à qui
l'on ne sçait quel nom donner.

Je me trouve encore arrété
par ces deux mots , *Horace est en*

cela de l'avis de salomon. Je ne
sçay, mais il me semble qu'il y
a là quelque chose de brusque
qui n'y devoit pas être : non-
pas, qu'on ne puisse citer les
Auteurs Prophanes, avec les
Sacrés & Canoniques ; on le
doit même en quelque ren-
contre, afin de rendre ce que
l'on dit, plus capable d'être
persuadé à toutes sortes de personnes ; mais alors, il est de la
justice & de la bienseance, de
marquer quelque difference
entr'eux, & de ne pas dire brus-
quement, *Horace est de l'avis
de Salomon ;* car il me semble
que c'est vouloir égaler l'hy-
sope aux plus hauts Cedres du
Liban.

On n'auroit pas cru trouver
tant de choses à reprendre
dans vn discours, dont l'Au-

teur n'a fait que raſſembler
les differentes parties, qu'il a
empruntées des plus ſçavans
hommes ; de ſorte que c'eſt vne
choſe aſſez ſurprenante, qu'il
ait ſi mal fait, le peu qu'il
avoit à faire. Cependant voici
encore vn ſujet de reprehen-
ſion.

L'vſage du vin, dit-il, *étoit
pour cela deffendu anciennement,
aux Rois, & aux Magiſtrats.
Si cette loy étoit encore en vigueur,
il y a peu d'Allemands qui ne re-
nonçaſſent de bon cœur à la Royauté
& à la Magiſtrature.* A quel propos cela ? pourquoy attaquer
ſi hors de ſujet, toute vne
Nation, qui ne luy fait rien,
& dont il ne s'agit en aucune
façon ? On dit aſſez librement
que cela ne peut venir que
d'vn mauvais tour d'eſprit, ou

d'vn grand fond de froide raillerie, ou d'vne extréme envie
de parler ; & tout cela dans vn
difcours du fecret , & de la
difcretion, ny méme dans vn
autre, ne fait pas vn fort grand
ornement; non plus que cette
queftion par laquelle il demande , *fi vn Allemand peut étre
bel efprit.* Je vous affeure, Monfieur , que cela a déplu à des
perfonnes bien fages, qui m'ont
dit, que fi l'Auteur des Entretiens , étoit plus judicieux, il
traiteroit mieux des gens, qui
ont vne inclination particuliere pour les lettres ; qui les
allient avec les armes ; qui ont
trouvé des chofes admirables,
dans les Arts , & dans les Sciences ; l'Artillerie, l'Imprimerie,
le Compas de proportion ; qui
d'ailleurs font la plufpart nos

amis, nos alliez, nos voifins, & qui peuvent devenir François comme nous.

Il eſt vray, Monſieur, que l'Auteur devoit au moins avoir preveu cette derniere confideration ; car elle eſt ſi facile à comprendre, que je n'ay pas beſoin de vous l'expliquer ; & cela ne doit point m'empêcher de finir icy. Je ſuis, &c.

CINQVIEME LETTRE.

MONSIEUR,

Il s'agit aujourd'huy du *bel Esprit*, qui est le quatriéme Entretien de nôtre Auteur. La premiere chose, que j'y ay veu reprendre, c'est la complaisance que l'Auteur s'y rend à luy méme. On dit qu'il y a plaisir de le voir prendre vn soin merveilleux à nommer toutes les qualités du bel Esprit : la vivacité, le bon sens, la force, la delicatesse, la solidité, le brillant ; & apres les avoir ainsi toutes nommées, se les appliquer à luy-méme, avec ces paroles si flateuses que l'vn de ses personnages dit à l'autre :

Il ne se peut rien voir de plus beau que l'idée, que vous aveʒ du bel Esprit. I'ay pensé dire, qu'il ne se peut rien voir de plus beau que vôtre portrait ; car on diroit que vous vous étes peint vous-méme dans le Tableau que vous veneʒ de faire, tant il vous ressemble.

Pour moy, Monſieur, je ne pu m'empécher de dire à la perſonne, qui faiſoit ce raiſonnement, qu'il ne me paroiſſoit pas juſte ; & que je ne penſois pas que la conſequence fût bonne, d'accuſer par exemple vn Poëte d'avarice, ou de laſcheté, parce qu'il fait parler ſur ſon Theatre, vn avare, ou vn lâche. Il y a vne grande difference, me repondit-il, entre vôtre exemple, & le ſujet, auquel vous l'ap-

pliquez. On sçait bien qu'vn
Poëte ne parle pas toûjours
selon ses propres Sentimens,
& que souvent au contraire, il
est obligé de les quitter, pour
entrer autant qu'il peut dans
les Sentimens des personnes,
qu'il represente: Mais icy l'Auteur ne represente personne
que luy-méme ; il est tout
ensemble Ariste, & Eugene ;
c'est pour cela qu'il les dépeint comme deux hommes
fort honnétes,& fort raisonnables, & à qui par consequent,
il ne fait rien dire qu'il n'approuve luy-méme , comme
étant conforme à la raison, &
à l'honnéteté. On se trompe-
roit donc à plaisir , continua-
t'il, si l'on ne vouloit pas appliquer à la personne de l'Auteur, ce que ses deux person-

nages difent l'vn de l'autre ;
car affurément , c'eft luy qui
flatte dans Eugene ; c'eft luy
qui eft flatté dans Arifte , &
je ne voy rien de plus fenfible
dans tout fon Livre.

Voila , Monfieur , de quelle
forte , on . epondit à mon objection ; c'eft à vous maintenant d'en juger : mais ce qu'il
y a de certain , c'eft qu'en effet
Arifte & Eugene font vn peu
flateurs ; & vous ne devez pas
vous étonner apres cela , s'ils
difent plus de mots que de
chofes.

C'eft vn deffaut , qui fe reprend dans tout cet Entretien.
Il y a , dit-on , trop de paroles,
& trop peu de fens. On ne
fçait quelquefois en quoy il met
la veritable beauté d'Efprit ,
& il femble qu'en plufieurs

endroits , il ne la diſtingue point d'vn certain agréement, qui eſt tout exterieur , & qui couvre ſouvent de grands deffaux , & d'extrémes foi-bleſſes.

Il parle long temps , de ce qui fait la difference des Eſ-prits ; mais ſur cela il eſt bien plus aiſé de dire , ce que ce n'eſt pas , que de dire ce que c'eſt. Car cette difference des Eſprits, depend de l'vnion de l'ame , avec le corps ; & cette vnion , eſt vn myſtere, pour nous , où nous ne pou-vons rien comprendre , ſinon qu'il eſt incomprehenſible.

Quand d'vn côté nous voyons que nôtre corps eſt vne ma-tiere ; & que d'autre côté nous connoiſſons que nôtre ame, qui penſe, n'en peut pas étre

vne ; alors comprenant ainſi la
diſtinction de ces deux etres,
ſi differens, nous ne pouvons
plus connoître leur vnion.
Mais apres tout, cette ignorance eſt heureuſe, puiſqu'elle nous
découvre deux veritez, bien
plus grandes que celle qu'elle
nous cache. Car elle nous
fait connoître, que nôtre ame
eſt immaterielle, & que c'eſt
Dieu, qui l'vnit à nôtre corps;
étant certain, que cette incon-
cevable vnion, entre deux
choſes, ſi diſproportionnées, ne
peut étre faite, que par celuy
qui trouve aſſez de porportion
entre l'étre, & le neant, pour
avoir tiré l'vn de l'autre.

Mais voyons ce qu'en dit
nôtre Auteur, qui rapporte ſur
cela pluſieurs opinions, & entr'autres, vne penſee du Do.

éteur Abaillard , qu'il appelle *le Doéteur amoureux. Sa chere Heloïfe* , dit-il, *luy fit vn jour la queftion.* Cette Heloïfe , comme vous fçavez , étoit ai-mée du Doéteur Abaillard , & le fecret de leurs amours ayant été découvert par vne groffe-fe qui parut malgré eux , ce fut vn fcandale public , qui dura long-temps. Or il me femble qu'apres cela , on peut dire fans faire trop le fcrupuleux, que l'Auteur des Entretiens , ne marque pas affez vn amour illegitime , en ne luy donnant qu'vn nom de tendreffe , com-me quand il dit , *le Doéteur Abaillard* , *& fa chere Heloïfe* ; cela eft vn peu trop cavalier, pour vn homme qui ne le doit pas étre. J'aurois mieux aimé ne parler que de luy , fans rien

dire d'elle ; il n'y auroit point
eu de mal de feparer ce que
Dieu n'avoit point vny ; &
auſſi bien ne ſert-il de rien de
nommer icy *Heloiſe*, pour ſçavoir le ſentiment d'*Abaillard*.

Le voicy tel que l'Auteur le
raporte : *Il répondit que tous les*
hommes avoient vn miroir dans la
teſte ; & ſa réponſe étoit fondée ſur
les paroles de s. Paul, qui portent,
que nous voyons par vn miroir en
cette vie. Mais il ajoûte, que les
eſprits groſſiers avoient un miroir
tout terny ; & que les eſprits ſubtils
en avoient un fort éclatant & fort
net, qui leur repreſentoit diſtin-
ctement les objets. Il vouloit dire,
ajoûte-il, *que la bile mélée avec*
le ſang, formoit dans le cerveau
une eſpece de glace polie & luiſan-
te, à laquelle la melancolie ſervoit
comme de fond.

Cette pensée a bien fait rire nôtre amy le Philofophe. En verité, me difoit il, voila qui eft beau ; voila une belle glace de miroir, & qui reprefente bien naturellement un homme qui ne fçait ce qu'il dit! Qu'eft-ce que tout cela ? & quel Anatomifte a jamais trouvé dans le cerveau ce miroir dont l'Auteur parle ?

Encore pour celuy dont parle le Docteur Abaillard, qui ne dit point ce que c'eft ; on peut croire qu'il n'a entendu qu'vn miroir metaphorique, & qu'il n'a voulu faire qu'vne comparaifon bonne ou mauvaife : Mais pour l'Auteur, qui en quitant la metaphore veut expliquer la compofition phyfique de ce merveilleux miroir, & qui dit ferieufement que la

bile, le fang & la mélancolie
fe mélant enfemble, forment
vne glace polie & luifante ; il
faut avoüer que c'eft vn gali-
matias aufli pompeux que jamais on en ait vû parétre.

Il faut avoir l'imagination
bien forte pour fe figurer ainfi,
qu'il y a dans la tefte une glace
luifante, où l'ame voit tout ce
qu'elle fent. Car qui ne fçait
que le fentiment eft excité en
nous, non point par des images
& des peintures , puifque les
odeurs, les goûts, les fons que
nous fentons, n'ont point de
couleur, & ne peuvent étre
peints ; mais par l'ébranlement
des nerfs qui fervent aux differens organes des fens ? Je m'é-
tonne (difoit-il) que l'Auteur
qui fe flate tant & qui fe cha-
toüille luy-méme, n'ait point

obfervé que pour peu que le corps foit touché , il fe fait auffi tôt vn fentiment dans l'ame : car c'eft une experience continuelle , & de laquelle on ne peut pas douter.

Il eft vray qu'on ne fçait point comment cela fe fait ; mais l'on fçait au moins que cela fe fait ; & l'on fçait méme pourquoy on ne peut pas en fçavoir davantage, puifque c'eft à caufe de la difference qui eft entre l'ame & le corps : Car cette difference eft fi grande & fi extréme , qu'on ne peut concevoir comment cette ame qui penfe , peut avoir vn fi jufte raport avec ce corps qui eft incapable de penfer. Ainfi cette ignorance méme eft tres-raifonnable & tres-convenable à la nature de l'efprit humain;

Mais de dire au contraire qu'il y a dans le cerveau vne glace luisante, composée de bile, de sang & de mélancolie, dans laquelle on voit les choses invisibles; c'est raisoner contre toutes sortes de raisons & d'experiences.

Voilà, Monsieur, le sentiment de nôtre amy sur cét endroit, où l'Auteur cite l'Ecriture Sainte, *Videmus per speculum & in ænigmate*: il a raison, me disoit-il, & le miroir dont il parle, est étrangement enigmatique.

Il faut neanmoins avoüer, & j'ay du plaisir d'y être obligé, qu'il y a de bons endroits dans ces discours, des descriptions bien faites, des caracteres particuliers bien touchez, des comparaisons bien justes; mais tout

tout cela comme à l'ordinaire
est mêlé de ces sortes de fautes
qui auroient besoin d'un peu de
bon sens.

Par exemple, en parlant de ces
gens qui font les beaux Esprits
& qui ne le sont pas ; il dit que
leurs titres ne sont pas meilleurs
que ceux des faux nobles; Que *le*
nom qu'ils portent est un nom en
l'air qui n'est soûtenu de rien;
Qu'*ils ont la reputation de bel Es-*
prit, sans en avoir le merite ny le
caractere.

Vous voyez, Monsieur, combien il estime le caractere de
bel Esprit, en l'opposant à la
fausse reputation de bel Esprit;
Et cependant tout d'un coup &
dés le premier mot de la ligne
suivante : *C'est*, dit-il, *un cara-*
ctere fort ridicule que celuy de bel
Esprit.

G

Ah que j'ay veu de gens rire de bon cœur en cét endroit!
Voilà, difoient-ils, ce qu'on
appelle faire des contradictions; & il faut avoüer que les
autres Auteurs n'y entendent
rien en comparaifon de celuy-
cy. Il y en a qui en font dans
leurs efcrits; mais on a de la
peine à les trouver, & il faut
quelquesfois pour cela lire tout
d'un bout à l'autre: au lieu
qu'icy ce font deux extremitez
qui fe touchent, & que d'une
ligne à l'autre fans aller plus
loin, l'Auteur dit pleinement
& fermement des chofes qui
font toutes contraires. C'eft
auffi comme il faut faire, ou ne
s'en pas méler; & il y a plaifir
de voir ainfi de belles & claires
contradictions qui font rire &
qui réjoüiffent.

En voicy vne qui eſt de la
méme force : c'eſt en parlant
de l'obſcurité qui ſe trouve
quelquesfois dans les grands
Genies : *Gratian, dit-il, eſt par-*
my les Eſpagnols modernes un de
ces grands Genies incomprehenſi-
bles, il a beaucoup d'élévation, de
ſubtilité, de force, & méme de
bon ſens ; mais on ne ſçait le plus
ſouvent ce qu'il veut dire, il ne le
ſçait peut-être pas luy-méme.
Comprenez-vous bien cela,
Monſieur ? Vn homme qui a
l'eſprit ſubtil, élevé, fort, de
bons ſens, & qui le plus ſouvent ne ſçait luy-méme ce qu'il
dit ! Pour moy il me ſemble
que j'entens ſoûtenir poſitive-
ment, qu'vn homme a du bon
ſens & qu'il n'en a point ; car
enfin, qu'eſt-ce qu'avoir du
bons ſens, ſi ce n'eſt bien pen-

fer, bien juger, bien raifonner, & au moins s'entendre foy-mé-me, fi l'on ne peut pas fe faire entendre aux autres?

Mais vne chofe dans ce dif-cours qui déplait à tous ceux qui y prennent garde, c'eft l'endroit où l'Auteur crie aux voleurs contre ceux qui pillent les Livres, apres que luy-méme les a pillez comme vous avez veû.

Sur·tout, dit-il, *vn bel Efprit* (vous fçavez qu'il pretend l'ê-tre) *ne s'aproprie point les penfées des autres ; & cependant*, conti-nuë-t'il, *c'eft ce que font la plûpart de nos beaux Efprits. Le pais des belles Lettres eft plein de larons; & Mercure qui prefide aux Arts & aux Sciences, n'eft pas fans raifon le Dieu des voleurs, comme a re-marqué ingenieufement Bartoli*

dans fon HVOMO DI LITTERE.
en blâmant ceux qui volent les pen-
sées d'autruy je n'ay garde, dit-il ,
de voler celle-là à fon Auteur.

En effet , Monfieur , il
eft fort fcrupuleux fur cette
matiere. Il fait confcience
de prendre à vn Auteur Italien vne petite penfée qui n'eft
guere plus à cét Italien qu'à
tout le monde, à qui elle vient
prefque fans y penfer : & cependant il ne fait nulle difficulté de voler à des Auteurs François, qui font de fon fiecle &
méme de fon âge ; non pas
de fimples penfées fans fuitte,
mais des raifonnemens , des pages , des Chapitres, des Ouvrages entiers ; & fans confiderer combien ces chofes ont
coûté de temps , de medita-
tions , de lectures, il enleve

tout en un moment ; & il vous
pille vn Ouvrage fans y laiffer
que le nom de l'Auteur.

Vous vous fouvenez de Pafquier & de l'Auteur des Avantages de la langue Françoife ;
vous avez veu de quelle forte
il les a traitez ; car & les penfées & les mots tout luy a paru
de bonne prife, & je ne croy
pas que l'irruption qu'il a faite
chez ces deux Auteurs ait jamais eu d'exemple dans tout le
païs des belles Lettres , pour
parler en fon langage.

En verité vn homme qui en
agit de la forte devoit mieux
penfer à ce qu'il dit , & au lieu
de condamner fi abfolument
ceux qui volent les Auteurs , il
auroit eu meilleure grace de tâcher à les excufer par quel-

que raison. Il auroit pû dire,
ou que les Auteurs étant publics ils apartiennent à quicon-
que les veut avoir; ou que ceux
qui ont écrit devant nous
étant comme nos peres & nous
comme leurs enfans, il nous
eſt permis de joüir du fruit de
leurs études, comme de nôtre
propre heritage ; ou enfin
quelqu'autre choſe qui luy ſer-
viroit maintenant pour donner quelque pretexte à ce qu'il
a fait. Mais certainement il
n'eſt rien de plus inexcuſable,
ny qui ſe démente davantage
que de traiter avec tant de raillerie ceux qui dérobent les Auteurs, & les dérober en méme-
temps d'une maniere ſi digne
de mépris. Car encore s'il
n'avoit pris qu'à des Etrangers,

il auroit pu se cacher , plus aisément ; & peut étre que le changement de lieu, d'air, & de langage , eût fait passer la chose pour vn commerce legitime. Mais de prendre à des Auteurs François, des Ouvrages entiers, où tout le monde reconnoît visiblement les marques de ceux à qui ils appartiennent ; c'est ce qu'on appelle voler les Auteurs sur les grands chemins : & je ne sçay point comment il s'en voudra justifier ; si ce n'est qu'il dise, que de les copier presque mot à mot, comme il a fait, ce n'est pas les dérober, mais les citer tacitement, & sans nommer personne.

Si jamais il se sert de cette jolie distinction , nous le verrons ; mais cependant je croy

que vous avoüerez, qu'en matiere de livres , vne des plus
deplaifantes chofes qu'on puiffe voir , c'eft vn homme qui
déclame contre les Ecrivains
plagiaires , & qui eft luy-mé..
me le plus plagiaire de tous
les Ecrivains.

Mais c'eft encore quelque
chofe d'affez mal-à-propos,
à ce qu'on dit , que la Satire
d'Eugene, contre les femmes.
Il la commence en s'écriant,
je ne penfois pas qu'vne femme
pût être bel Efprit. Et d'où vient
donc, cét honnéte homme qui
ne connoît point tant d'Illu.
ftres femmes , qui ont paru
dans tous les fiecles ? Arifte
méme luy en nomme plufieurs,
& entr'autres ; *La celebre Sapho,*
la vertueufe Cornelie mere des
Gracques ; la fage & fçavante Ar-
G v

themise, Mademoiselle de Gournay,
Mademoiselle de Scurmans , &
tant d'autres qui ont été l'orne-
ment de leur païs , & de leur
siecle , sans parler de celles qui
vivent encore. Est - il possible
qu'Eugene ne sache rien de tout
cela ? & qu'a-t'il donc fait du
caractere, & des belles qualités, que l'Auteur luy a données?
comment est-il devenu tout
d'vn coup si peu civil , & si
injurieux ? car il appelle toutes
les femmes *foibles , legeres, in-*
discrettes , timides , impatientes,
babillardes , & en vn mot , dit-il,
il n'est rien de plus mince ny de
plus borné , que l'esprit d'vne
femme. Je ne m'areste pas à
refuter ce discours d'Eugene , puisqu'Ariste le refute
assez , en nommant tant
d'Illustres femmes , qui ont

été l'admiration des hommes.

On peut dire seulement, que ces discours generaux, tantôt contre des nations entieres, tantôt contre la moitié du monde, sont toujours injurieux à vn tres-grand nombre de personnes, à qui ils ne conviennent point. Mais sur tout ces disputes publiques, d'vn sexe avec l'autre, ne sauroient jamais être raisonnables ; parce que chacun s'y fait juge, dans vne cause où il est partie.

On ne voit pas aussi, que ces hommes qui se vantent le plus des avantages de leur sexe, soient ordinairement ceux qui en font l'honneur, ny qui le rendent preferable à l'autre : & en vn mot, quelque difference que l'on s'imagine icy, & quelque objection

que l'on faſſe, il n'y a rien au
monde, qui reſſemble mieux
à vn homme qu'vne femme.

C'eſt dans ce méme diſ-
cours que l'Auteur deman-
de, *ſi vn Allemand peut être bel
Eſprit.* Je ne penſe pas qu'on
ſe fût encore aviſé de douter
de cette poſſibilité ; & apparemment l'Auteur eſt le premier, qui ait fait cette queſtion. Il y répond, en diſant :
que *c'eſt comme vn prodige qu'vn
Allemand fort ſpirituel* ; & il cite
ſur cela, le Cardinal du Perron,
*qui dit vn jour en parlant du Ic-
ſuite* GRETZER *, il a bien de
l'eſprit pour vn Allemand.* Il y a
en marge, *Peroniana* : & en
effet, on y trouve ce que l'Auteur raporte, & quelque choſe encore de plus curieux ;
Mais de tout cela, il ne s'en-

Pero-
niana.
Voyez
la page
252.

suit point qu'il fallut aller jusqu'à mettre en question, si vn Allemand peut étre bel Esprit; & c'est le moyen de se faire dire bien des injures en Allemand.

J'oubliois vn endroit assez remarquable, où l'Auteur dit : *je ne puis croire que des Esprits, qui tiennent plus de l'Ange que de l'homme, doivent tout ce qu'ils font, &c.* Il parle de l'esprit humain, & il est aisé de voir qu'il se broüille ; car il n'est point vray, que l'esprit humain qui fait presque tout l'homme tienne plus de l'Ange, que de l'homme, mais ce qu'on peut, & ce qu'on doit dire, c'est que l'esprit humain tient plus de la nature Angelique que de la corporelle dont il ne tient rien ; & qu'enfin l'homme, par son esprit, est semblable à l'Ange : c'étoit aussi la pensée, & l'intention de l'Auteur, mais il l'a mal expliquée & n'a sçu se faire entendre. On ne doit pas neanmoins s'en étonner, puisqu'il assure qu'il y a *de grands genies qui ont beaucoup d'elevation, de subtilité, de force, & même de bon sens, & qui avec tout cela ne sçavent le plus souvent ce qu'ils veulent dire.* De tels genies, Monsieur, sont sans doute admirables, & je vous laisse les considerer, au tant qu'il vous plaira. Je suis, &c.

SIXIE'ME LETTRE.

MONSIEUR,
Vous verrez que le cinquiéme Entretien de nôtre Auteur, est d'vn dessein tout nouveau. Il l'appelle *le je ne sçay quoy*; & l'on dit aussi, qu'il y parle, je ne sçay comment. Il n'y a presque autres choses, que ces mots: *impression secrete, sympathie, ascendant, penchant, instinct, inclination, air, charme, agrément.* Ils y sont en prose, en vers, en François, en Espagnol, en Italien, & reviennent de temps en temps, comme si ce discours étoit vne espece de Rondeau en trois langues, prose & vers.

Il semble, dit-on, que l'Auteur ait voulu écrire comme les autres chantent, & qu'il ait eu dessein d'imiter ces pieces de musique, où l'on repete tant de fois les mémes paroles.

Ce n'est pas qu'il n'ait dit du *je ne sçay quoy*, tout ce qui s'en peut dire ; mais on voudroit qu'il se fût contenté de l'avoir dit; & qu'il n'eût pas repeté si souvent, ny fait tant d'efforts pour porter vn sujet plus loin qu'il ne peut aller.

Voicy comme il commence. *Il faut avoüer, mon cher Eugene, dit-il, qu'il y a peu d'amis comme nous, qui soient eternellement ensemble sans se lasser l'vn de l'autre.* Ce n'est ici pourtant que la cinquiéme fois qu'ils se voyent, & encore apres vne longue separation, & dans vn païs étranger, ou les moins amis font toûjours enfemble : Neanmoins il prend cela pour vn prodige d'amitié, & il fe perd dans une eternité de cinq jours.

Cela eft tout-à-fait à remarquer, parce que les commencemens de difcours font prefque les feuls endroits de tout le Livre qui viennent de l'Auteur. C'eft luy qui les a imaginez, tournez, difpofez comme on les voit : au lieu que les autres ne font le plus fouvent que des lectures & des collections. Cependant on a obfervé que jufqu'icy il n'a pas commencé une feule fois raifonnablement, & que la premiere chofe qu'il fait, c'eft toûjours vne chofe qui ne s'accorde pas avec le bon fens.

Il ne comprent pas qu'vne

amitié fans amour puiffe plaire longtemps ; *Les converfations particulieres*, dit-il, *où l'amour n'a point de part, fatiguent prefque toûjours.* La propofition eft fans doute vn peu trop generalle, & quoy qu'il s'imagine. Il y a de veritables amis qui ne font point fatiguez de fe voir , & qui au contraire ne s'ennuyent que de ne fe pas voir affez. Il n'eft point vray non plus, ne luy en déplaife ; *Que quelque eftime & quelque affection que l'on ait pour vn homme, on fent diminuer par là les fentimens que fon merite avoit fait naître:* au contraire, quand l'amitié eft veritable & vertueufe, elle fe fortifie par le temps & par l habitude.

Certes, quand je fais refle-

xion fur vn tel difcours, j'entens bien qu'il dit ce qu'il penfe ; mais je doute s'il penfe à ce
qu'il dit. Quoy-qu'il en foit,
fes paroles fignifient bien des
chofes, & font bien voir qu'il
eft tout-à-fait incapable d'une
vraye amitié ; puis qu'ayant
paffé quelques heures de converfation avec vn amy pendant
quatre jours feulement ; *Il faut,*
s'écrie-il au cinquiéme, *il faut
que nous foyons faits l'vn pour
l'autre, & qu'il y ait vne étrange
fympathie entre nos efprits.* Etran-
ge affeurément, puis qu'elle
oblige deux François qui fe
rencontrent dans un païs
étranger où iis ne connoiffent
perfonne, à fe voir pendant
quelques jours, & à parler enfemble pour fe defennuyer, &
pour fe divertir.

Enfuitte de cette *étrange fym-pathie*, il vient à parler du *Ie ne fçay quoy*; & dés que le premier mot eſt dit, il ne ceſſe point à force de repetitions & de penſées fauſſes, de tâcher à faire quelque choſe qui ſoit auſſi long qu'vn diſcours, & qu'on puiſſe apeller en quelque ſorte vn diſcours.

Il s'imagine qu'il a fait merveilles avec ſon *Ie ne fçay quoy. Car il eſt vray*, dit-il, *que le Ie ne fçay quoy eſt peut-être la ſeule matiere ſur laquelle on n'a point fait de Livres, & que les Doctes n'ont point pris la peine d'éclaircir.* Mais que veut-il dire quand il parle de faire des Livres ſur le Je ne ſçay quoy, & de l'éclaircir? Car s'il enrend par le Je ne ſçay quoy

quelque chofe dans la nature
qui puiffe avoir un autre nom;
comme le Vent, l'Aimant, les
Influences du Ciel, la lumiere
& d'autres chofes qu'il apelle
luy méme des *Ie ne fçay quoy* ;
en ce cas fa penfée eft fauffe,
puifque nous avons des Livres
fur toutes ces chofes.

Que fi au contraire il entend
vn *Ie ne fçay quoy* en general, feparé de tout fujet, alors
fa penfée fe détruit elle méme:
car comment voudroit-il que
les **Doctes** euffent pris la peine
d'éclaircir vn *Ie ne fçay quoy* de
cette forte, puis que luy-méme
foûtient pofitivement que *ce
ne feroit plus vn Ie ne fçay quoy*, p. 130.
fi l'on fçavoit ce que c'eft ? & que
*fa nature eft d'étre incomprehenfi-
ble & inexplicable.* C'eft donc
comme s'il difoit, que les Do-

ctes n'ont pas encore pris la peine de rendre la nuit auſſi claire que le jour, & le neant auſſi réel que l'Etre.

Mais d'ailleurs écrire & traiter de ce Je ne ſçay quoy, c'eſt ne ſçavoir dequoy l'on écrit, ny dequoy l'on traite : Il n'y a donc pas lieu de s'étonner ſi les Doctes n'ont point encore fait des Livres ſur cela; & ſi l'Auteur des Entretiens eſt le premier qui ſe ſoit aviſé d'en faire.

C'eſt auſſi ce qui le charme, d'avoir écrit le premier tant de paroles ſur ſi peu de choſes, ſur le *Ie ne ſçay quoy*, que les Doctes n'avoient pas encore entrepriſ d'éclaircir. Je ne veux point troubler la ſatisfaction qu'il y trouve; mais il eſt certain que de faire comme il a

fait trente ou quarante pages
fur vn fujet qui n'en peut raifonnablement tenir qu'vne de-
mie ; c'eft dire bien des chofes
hors de fujet. Et auffi apres la
premiere page, toutes les autres
ne difent plus rien de nouveau ; elles ajoûtent à la Lettre & n'ajoûtent rien au fens.
Il a beau tourner *le Ie ne fçay
quoy* de tous côtés ; on ne le
voit pas mieux de l'un que de
l'autre, & c'eft toûjours la méme chofe. Il ne laiffe pas de
dire qu'il y a des Je ne fçay
quoy de diverfes façons, de
beaux, de laids, de bons, de méchans, de finguliers, d'vniver-
fels ; & comme un Regent en
Je ne fçay quoy, il le conduit
par tous les genres, les nom-
bres & les cas. Mais apres tout
ce n'eft là que mettre des mots

les vns aupres des autres. Il eſt vray que le diſcours ſe remplit par ce moyen, mais l'eſprit demeure toûjours vuide; & ce n'eſt pas là, ce me ſemble, vn grand ſujet de s'aimer ny, de s'eſtimer davantage.

Il n'eſt rien au contraire, de plus mépriſable que ce débordement de diſcours; & ſi l'Auteur des Entretiens le prend pour vne facilité de parler, il ſe trompe: car ce n'eſt veritablement qu'vne impuiſſance de ſe taire, l'un des plus grands defauts de l'eſprit; & qui ne peut étre mieux comparé qu'à vn homme qui ſeroit tombé dans la riviere. Car il eſt vray qu'vn eſprit qui a ce defaut, ſe trouble, s'agite, ſe tourmente, ſe jette à tout ce qu'il rencontre, & fait autant d'efforts

pour

pour ne point se taire, qu'un Homme tombé dans l'Eau en feroit pour ne se pas noyer.

On voit cela dans l Entretien du je ne sçay quoy ; Car apres que l'Auteur y a dit en vingt ou trente façons, que dans chaque chose, le je ne sçayquoy, est ce qu'on ne sçait point, comme en effet c'est tout ce qu'on en peut dire ; luy qui en veut dire plus qu'on ne peut, se prend à toutes les choses où il y a du je ne sçay quoy : beauté, laideur, santé, maladie, prose, Vers, tout enfin, sans choix, sans discernement, sans égard, & comme un Homme qui se noye.

Car quel égard par exemple, à t'il eu, à la retenuë, & à la modestie que demande sa profession, quand il dépeint

H

un beau garçon du mefme air,
qu'une Bergere feroit le Portrait de fon Berger.

> *Sur tout il avoit une grace,*
> *Vn ie ne fçay quoy qui furpaffe*
> *De l'Amour les plus doux apas,*
> *Vn ris qui ne fe peut décrire,*
> *Vn air que les autres n'ont pas,*
> *Que l'on voit, & qu'on ne peut*
>   *dire.*

Mais écoutez le refte, s'il
vous plaift. *L'Efprit humain,*
dit-il, *qui connoift ce qu'il y a*
de plus fpirituel dans l'Ange, &
de plus divin dans Dieu, ne con-
noift pas ce qu'il y a de charmant
dans un obiet qui luy touche le
cœur.

Je voudrois, Monfieur, que
vous euffiez oüy comme moy
des perfonnes de Pieté, dire
contre cette comparaifon, tout
ce que le zele de la Religion

leur infpiroit ; Car je ne fçaurois jamais vous le redire de
la mefme forte : C'eft pourquoy l'Auteur fera s'il veut
luy mefme fon examen de confcience, & je ne vous parleray
icy de chofes, que felon la raifon & le fens commun.

Serieufement, eft-il raifonnable de dire que l'Efprit Humain connoift ce qu'*il y a de plus
divin dans Dieu* ; comme s'il y
avoit du plus & du moins, où
tout eft infiny.

Il répondra que c'eft une
façon de parler , par laquelle
il a voulu marquer une connoiffance intime, une penetra-
tion, une comprehenfion. Et
c'eft en quoy il fe contredit
davantage : Car comment l'Efprit Humain pourroit il pene-
trer Dieu , & le comprendre ;

puis que la premiere chofe qu'il en peut connoiftre , c'eft que Dieu eft, effentiellement impenetrable & incomprehenfible.

Mais ce ne font pas là des chofes qu'il foit neceffaire de dire ; il ne faut qu'avertir l'Auteur de les lire dans fon propre cœur ; d'y confulter la Lumiere Naturelle, & de fe remettre dans les premiers principes de fa raifon. Apres cela il verra bien de luy-mefme qu'il a tort d'avoir écrit & imprimé, fans y penfer , que l'Efprit Humain connoift ce qu'il y a de plus fpirituel dans l'Ange , & de plus Divin dans Dieu.

Pour ce qui eft de ce *Ie ne fçay quoy dans un obiet charmant qui touche le cœur.* Je ne

croy pas qu'il ayt raison d'en faire un si grand mystere ; & cét
agrément dont l'idée se forme
dans l'Esprit par les sens, n'est
pas si difficile à connoistre qu'il
se l'imagine. Que si on l'appelle
un *ie ne sçay quoy*, c'est plustost
faute de paroles, que faute de
connoissance ; comme il nous
arrive souvent de ne pouvoir
expliquer les choses que nous
sçavons le mieux. Car par exemple, qui a - il de plus connu à
nostre Esprit que la pensée ,
l'estre, le mouvement ? Nous
en avons des idées claires &
distinctes , qui sont les principes de toute la certitude Hu-
maine : & cependant si l'on nous
demande ce que c'est , nous
ne pouvons dire alors ce que
nous sentons ; Nous avons des
pensées , mais les paroles nous

manquent. Or c'eſt à peu prés la meſme choſe de cét agré-ment qui touche le cœur, & qu'on appelle un je ne ſçay quoy; car il eſt certain que lors qu'on en eſt touché on en a une idée vive, diſtinȼte & qu'on ne confond point avec aucune au-tre. Que ſi apres cela on ne peut encore expliquer cét agré-ment; ce n'eſt pas qu'il ſoit obſcur; mais c'eſt au contrai-re qu'il eſt ſi clair, & ſi ſenſi-ble que rien ne l'eſtant davan-tage, il ne peut plus eſtre eſ-claircy.

Mais enfin, que le ie ne ſçay-quoy de cét Auteur ſoit *im-perceptible* qu'il *échappe*, com-me il dit, *à l'intelligence la plus penetrante, & la plus ſenſible:* Ce n'eſtoit pas là une raiſon pour dire ce qu'il a dit; pour

mêler les choses les plus saintes avec les plus profanes ; &
pour demander encore dans la
page suivante , *si le ie ne sçayquoy n'est pas semblable à Dieu
mesme.* Il respond qu'il luy est
semblable ; & c'est en quoy son
erreur est non seulement contraire à la verité , & à la raison
mais encore à elle mesme. Car
comment selon luy , le *ie ne
sçay quoy* , seroit-il semblable à
Dieu , puis qu'il vient de dire,
que l'Esprit Humain qui connoist ce qu'il y a de plus Divin
dans Dieu , ne connoist point
le je ne sçay quoy. En verité
apres avoir fait une si estrange
difference , il ne devoit pas
faire une si estrange comparaison.

Mais un Esprit , quand il a
passé de certains termes , ne

peut plus que tres difficilement
eſtre arreſté , & il ſe precipite
d'erreur en erreur, & d'abyſme
en abyſme.

Qu'eſt ce que la grace ? demande maintenant l'Auteur,
un ie ne ſçay quoy, dit-il, *qui ſe
fait bien ſentir , mais qu'on ne
peut exprimer.* Vous ne ſçau-
riez croire, Monſieur, combien
noſtre bon Docteur, Monſieur
N. R. a eſté bleſſé de cette
Réponce. Quel Theologien!
me diſoit-il , quelle Theologie! parler ainſi de la grace!
en faire une biſare definition
qui ne la diſtingue point des
choſes du Monde , ny meſme
du peché ſon mortel ennemy;
Car qui ne peut pas dire du peché , ce que cét Auteur dit de
la grace : que c'eſt un ie ne
ſçay quoy, qui ſe fait bien ſen-

tir, & qui ne peut s'exprimer ?
Il s'en suivra donc des principes nouveaux de ce nouveau
Theologien, que la grace & le
peché ne seront que la mesme
chose.

Je luy dit sur cela qu'il prenoit les choses trop à la ri-
gueur ; & qu'asseurement l'Auteur n'avoit pas pensé qu'il y
eust tant de mal dans ce qu'il
avoit écrit ; Je le croy, me re-
pliqua-il , & je ne voudrois
pas l'accuser d'erreur, ny d'he-
resie dans tout ce qu'il a dit ;
Mais au moins je puis asseurer
qu'il ne devoit pas mêler comme il a fait des choses si saintes
dans un discours si profane.

En vain voudroit - il répondre, que Dieu & la grace de
Dieu estant incomprehensibles,
il a peu les appeller des *je ne*

H v

ſçay-quoy. C'eſt cela meſmé qui le condamne dans l'Eſprit de tous les Hommes, puis que cette adorable incomprehenſibilité de Dieu, & de ſa grace, ne devoit pas eſtre marquée par un mot, qui eſt meſme trop bas pour marquer entre les choſes humaines celles à qui l'on doit du reſpect. A on jamais uſé de ce mot pour exprimer ce qu'il y a de grand & d'Auguſte parmy les Hommes? A on jamais dit dans un diſcours public & ſerieux, que la Majeſté Royale, & la Puiſſance Royale ſont des *ne ne ſçay quoy*? pourroit on ſouffrir cette expreſſion, & ne la prendroit on pas pour une injure, ou pour une impertinence?

Il faut donc, (Conclut noſtre Theologien,) que l'Au-

teur qui parle en ces termes,
& de la grace de Dieu, & de
Dieu mesme, & qui les appelle des *ie ne sçay quoy*; il faut
encore un coup qu'il soit un ...
Un je ne sçay qui, dit-il, tout
en colere, & il nen parla plus.
Je croy, Monsieur, qu'il est
temps aussi pour moy de ne
plus écrire, & de vous rendre
à vos affaires. Je suis, &c.

H vj

※※※※※※※※※※※※

SEPTIÉME LETTRE.

Monsieur,

Nous voicy au sixiéme &
dernier Entretien d'Ariste, &
d'Eugene, que l'Auteur appelle
les Devises. On y remarque
d'abord trois ou quatre choses
bien considerables ; le temps
que dure la conversation, le
nombre des Devises, la belle
Memoire d'Ariste, & la grande
docilité d'Eugene.

Quant à la premiere, qui est
la longueur de la conversation ;
Elle dure huit fois plus que la
precedente, & toûjours en
traisnant sur la Devise ; ce qui
fait dire à bien des gens, que

ces Meſſieurs ont une grande envie de deviſer.

On trouve en ſecond lieu,
que le nombre de ſix cens Deviſes tirées de divers Auteurs,
n'eſt pas une choſe fort neceſſaire ; C'eſtoit aſſez de la ſixié-
me partie ; le reſte ne ſert de
rien dans un Traitté , & n'eſt
bon qu'à faire un recüeil. Il
pouvoit donc ſans danger les
laiſſer , ou tout le monde ſçait
bien qu'elles eſtoient, & ne pas
les faire reimprimer dans un
Livre tout nouveau , peut eſtre
pour la centieſme fois. On dit
auſſi que c'eſt une choſe aſſez
rare que le diſcours d'un Auteur , compoſé des penſées , &
des paroles de cinquante autres ;
de ſorte que ſi ſur cela on faiſoit Juſtice , & qu'on rendit à
chacun ce qu'il luy appartient ;

il y auroit plaifir de voir que l'Auteur n'auroit pour fa part que cinq ou fix pages de fon Livre ; & c'eft ce qu'on appelle faire des Livres aux defpens de qui il appartiendra.

Mais en troifiefme lieu, on admire la prodigieufe Memoire d'Arifte , lequel dans un Entretien fans preparation, *& à qui l'occafion feule a donné le fujet* , s'eft reffouvenu de fix cens Devifes en diverfes Langues. Je croy, Monfieur, que cela doit vous furprendre auffi bien que les autres; Car enfin, Eugene mefme s'en eftonne, quoy qu'il n'en euft encore oüy que la moitié ; & ne pouvant s'empefcher d'interrompre fon amy; *ie ne fçay* , luy dit-il, *ce que je dois le plus admirer, ou la fidelité de voftre memoire, ou la beauté*

des Devifes que vous avez retenuës. On ne laiſſe pas de dire
apres cela que cette admiration d'Eugene marque admira-
blement bien la faute d'Ariſte;
& qu'elle avertit ceux qui n'y
prendroient pas garde, qu'il y
a là quelque choſe de ſurpre-
nant, & de contraire à cette
juſte vrayſemblance, qui eſt
l'eſprit des fictions ingenieuſes,
par leſquelles on veut imiter la
verité.

Ainſi, Monſieur, les ſix cens
Devifes ſi fidellement retenuës
pouvoient eſtre ſagement ou-
bliées, au moins les deux tiers;
& peut-eſtre que cét excés de
memoire eſt un deffaut de jugement : mais en tout cas il
n'y a pas grand mal pour l'Auteur, par ce qu'il regagne d'un
coſté, ce qu'il perd de l'autre.

En quatriefme lieu, l'on con-
fidere fort dans cét Entretien
la docilité & l'attention d'Eugene ; A peine y parle-il, &
quand il y parle, ; ce n'eft que
pour propofer fes difficultez,
& pour demander des exem-
ples. *Ne faut il pas*, dit·il,
tirer le mot de quelque Poëte ce-
lebre ?

Le mot eft - il borné à deux ou
trois paroles ?

Vous m'obligeriez de me don-
ner des exemples de toutes les ef-
peces de Devifes.

Ie voudrois bien que vous me
donnaßiez un exemple de ces·Vers,
qui expliquent les paroles de la
Devife. Enfin, Monfieur, fa
retenuë eft fi grande qu'on peut
affurer que dans cette converfation qui eft de cent quatre-
vingts fept pages, il ne dit pas

cent quatre-vingts fept paroles, fi l'on en ofte feulement
les Articles. Jugez apres cela
fi Eugene ne fçait pas fe taire,
& fi les gens qui prennent ce
Philofophe pour un Difciple de
Pytagore, n'ont pas quelque
raifon? Mais d'autre cofté ceux
qui parlent plus ferieufement,
difent que ce filence eft de
mauvaife grace dans une converfation familiere de deux a-
mis, entre lefquels ils vou-
droient qu'on euft partagé le
difcours plus également, puis
qu'on les reprefente d'abord,
comme eftant à peu prés égaux
en toutes chofes. Cette conduite d'ailleurs eft toute contraire au Caractere d'Eugene,
dont on ne reconnoift plus rien
icy. Ce n'eft plus, ce mefme
Eugene qui parloit il y a trois

jours du fecret avec tant d'é-
rudition , qui citoit les Loix,
les Hiftoires , & enfin les plus
Sçavants , & les plus galands
Ouvrages de l'Antiquité. Ce
n'eft plus luy qui difcouroit
de la Langue Françoife, comme s'il euft efté , non feulement de l'Academie , mais
toute l'Academie ; & à peine
peut on s'imaginer combien
Eugene d'aujourd'huy eft diffe-
rent d'Eugene d'hier.

On diroit à l'entendre qu'il
a tout oublié ; qu'il ne fçait
pas mefme ce que c'eft qu'une
Devife, & qu'il n'a jamais veu
de ces chofes que l'on voit
par tout, comme dit Arifte ;
non feulement dans les Livres,
mais fur les Obelifques , fur
les Pyramides , fur les Arcs
de Triomphe , fur les Tom-

beaux, sur les Portes des Mai-
sons : & en verité quand un
Homme ne sçait point cela, il
luy reste encore bien des choses
à apprendre.

Voila, Monsieur, les premieres observations que l'on fait
sur l'entretien de la Devise ;
Apres quoy l'on remarque encore beaucoup de choses, ou
le sens commun ne paroist pas
si fort que le genie particulier
de l'Auteur. Il exagere trop,
dit-on, le merite & l'excel-
lence de la Devise. On sçait
bien qu'une Devise bien faite,
est une jolie chose ; que c'est
un jeu d'esprit, ou le hazard
ne fait pas tout ; Il y entre de
l'imagination, du feu, de la
vivacité ; mais on ne pense pas
que ce soit un sujet pour s'é-
crier, *bon Dieu que de beautez,*

que de chofes! l'y vois l'Hiftoire
Heroïque , l'Hiftoire Naturelle ,
les beaux Arts , les belles Langues,
la Poëfie , la Politique , la Mo-
rale! C'eft un *Abregé de tout ce*
qu'il y a de plus Augufte dans le
Monde! Certainement cét A-
bregé eft bien court , puis qu'il
n'a jamais plus de quatre ou
cinq paroles : Mais enfin, c'eft
ainfi que chacun vante ce
qu'il ayme , & que l'on fait
ceder la raifon à la paffion. Ce
n'eft pas qu'on ne dife affez en
general, ce qu'un grand efprit de
noftre temps à efcrit ; *qu'un*
honnefte Homme n'affecte rien ,
& ne met point d'enfeigne. C'eft
peut eftre le difcours de noftre
Auteur, auffi bien que de tous
les autres ; mais au moins ce
n'eft pas fa conduite : Car enfin il
a mis une enfeigne , & l'on voit

bien qu'il est logé à la Devise.

On le trouvera - là assuré-
ment, il y revient fans man-
quer , & dans quelque matiere qu'il ayt esté engagé pendant
les cinq precedens Entretiens,
il a toûjours eu quelque Devise , pour marquer que c'e-
stoit là ou l'on devoit l'attendre.

Mais auffi , *c'est vne Science
admirable*, à ce qu'il dit, *c'est
la Philofophie des Gentilshommes,
bien differente de celle du College; Les Lices où fe font les cour-
fes de Bagues , & les Carousels
font les Academies où elle s'apprend; Les Braves, les Galands
Cavaliers, les Princes, Amans,
& Conquerans, font les Maistres
qui l'Enseignent.*

On entend bien que l'Au-
teur parle de cette Science Ga-

lante & Amoureufe , comme un Homme qui pretend ne la pas ignorer, & qui en fera tantoſt des experiences : Mais cependant l'on dit qu'il s'eſt mépris ; car ce n'eſt pas dans les Lices des Carouſels , où l'on fait les Deviſes ; & c'eſt au contraire , où l'on les porte quand elles ſont toutes faites. On s'eſtonne auſſi qu'il ayt pû dire que la Deviſe , qui eſt à ce qu'il pretend une chofe ſi Sçavante , ſe puiſſe apprendre en courant, & ſi c'eſt pour cela qu'il l'appelle la Philoſophie des Gentilshommes; il ne fait pas, dit-on, grand honneur à la Nobleſſe.

Mais il ſe juſtifie aſſez , quand il dit que la Deviſe *eſt d'une eſtenduë prefque infinie ; que les objets de toutes les Sciences,*

& de tous les Arts, font de fon reffort, & que cependant elle eft courte, par ce qu'elle ne prend que le fin des chofes. Ce n'eft pas qu'il n'y ayt là une contradiction en beaux termes ; Car il eft impoffible qu'une Science qui prend le fin de toutes les autres, & qui par confequent en doit eftre inftruite à fonds, foit neantmoins plus facile, & plus courte que les autres qu'elle comprend, & qui la compofent ; ou bien il faudroit dire, qu'il eft poffible, que le tout foit moins grand que fa partie.

L'Auteur voudroit bien racommoder cela, en difant que *la Devife choifit ce qu'il y a de plus rare dans la Nature, & dans les Arts ;* Mais cette nouvelle raifon, eft une nouvelle contradiction ; car comme il dit luy-mefme , *ce n'eft pas affez que la Figure foit Noble , & agreable , il faut qu'elle foit commune , & qu'elle fe faffe reconnoiftre dés qu'on la voit. Cette condition exclut les Animaux que nous n'avons pas accouftumez de voir , & les Fleurs Eftrangeres qui ne font point communes ;* C'eft donc là , fe contredire en termes bien formels. La Devife ne choifit que ce qu'il y a de rare ; & la Devife ne choifit que ce qu'il y a de commun ! Affurément il feroit difficile de dire à plaifir des chofes plus clairement contraires.

Mais apres tout , c'eft un moyen d'avoir toûjours raifon de quelque cofté ; Car icy par exemple l'Auteur eft

bien

bien raisonnable en tout ce
qu'il dit, pendant deux pages,
sur ce que les Figures des Devises doivent estre des choses
fort connuës : mais de dire
apres cela d'un autre costé que
la Devise est preferable à toutes les Sciences, & qu'elle les
comprend toutes, par ce qu'elle dit quelquefois un mot de
chacune, & qu'elle jette une
simple veuë sur le dehors de
leurs objects, à peu prés comme un Homme qui ne sçachant
ny la Peinture, ny la Musique, regarde travailler un
Peintre, ou écoute chanter un
Musicien ; certainement c'est
se jetter dans l'Hyperbole, &
dans les contradictions ; c'est
faire voir qu'on à la Devise
dans la Teste ; c'est vouloir
passer parmy les honnestes

I

gens pour l'Homme à la Devife.

Cependant, c'est tellement
l'Esprit de noſtre Auteur, qu'on
ne peut pas eſperer qu'il en change jamais. Il eſt trop attaché à la
Deviſe; c'eſt un principe qu'il ne
quitte point, & duquel il fait
à peu prés ce que les Chimiſtes
font de leur ſoulfre, de leur ſel
& de leur Mercure. Il l'a trouve par tout, & il y reduit tout.
Si i'avois, dit - il, *un ieune
Prince à inſtruire, ie le ferois
par la Deviſe; Ie ferois des Deviſes ſur tous les devoirs des Princes,
tant à l'égard de Dieu, qu'à l'é-
gard des ſuiets, & de ſoy meſme :* Enfin, Monſieur, il mettroit
tout en Deviſes ; & ce qui eſt
agreable, c'eſt que l'Auteur dit
cela ſous le nom d'Eugene, qui

tout à l'heure ne fçavoit pas ce que c'eſtoit qu'une Deviſe, & qui diſoit à ſon amy Ariſte, *C'eſt une ſcience qui me paſſe, & il n'appartient qu'à des Eſprits comme vous de s'en meſler.*

Cependant le voila qui eſt preſt d'en faire ſur toutes ſortes de ſujets, & il attend ſeulement pour commencer qu'on luy donne un Jeune Prince à inſtruire.

Mais auſſi que ne fait-on point pour inſtruire un Jeune Prince, & pour *luy enſeigner par* la Deviſe, *non ſeulement la Morale, mais encore l'Hiſtoire heroïque, & l'Hiſtoire Naturelle.* Eugene ſe méprend, il ſe trompe dans l'Education de ſon Prince, & aſſurement il n'en fera pas un grand Politique, s'il ne luy montre de cet-

I ij

te science que ce qui s'en peut peindre dans les figures de la Devise : Car c'est, dit-on, se moquer du monde de vouloir faire voir aux yeux des Secrets & des mysteres qui à peine se laissent voir à l'Esprit.

On peut à proportion dire la mesme chose de la Morale ; Car quoy qu'elle ayt des maximes communes, qui peuvent estre en quelque sorte exprimées par les peintures de la Devise ; il faut avoüer neantmoins que ces Peintures ne servent qu'à former quelques idées dans l'Esprit qui ne descendent jamais jusques au cœur ; & il y a bien d'autres efforts à faire pour apprendre la Morale, cette Science pratique, qui regle le cœur & la vo-

lonté de l'homme ; deux chofes
fi difficiles à regler , & qui re-
fiftent encore fi fortement lors
mefme que l'Efprit convaincu
ne peut plus refifter.

Quànt à l'Hiftoire heroïque,
tout ce que la Devife en peut
montrer, c'eft quelques illuftres
actions, mais fans fuitte, fans
liaifon , & detachées de la plus
part de leurs circonftances.

Pour ce qui eft de l'Hiftoire
naturelle , la Devife fera voir
la figure exterieure d'un Lyon,
d'un Chien , d'un Aigle , d'un
Pelican, & de quelques autres
animaux plus rares ; comme du
Phœnix, du Pegaze, de l'Hi-
dre : Car les fables entrent
dans la Devife auffi bien que les
veritez, & l'on peut juger par
là, fi c'eft un moyen fort propre pour devenir fçavant dans

la Philosophie, & dans l'Histoire.

D'ailleurs la Devise n'estant qu'une metaphore qui represente une chose par une autre, elle n'apprend que ce qu'on sçait déja : De mesme qu'un Portrait ne fait connoistre que la personne qui est déja connuë.

Ainsi le plus grand secours que la Devise puisse apporter dans les sciences, c'est d'ayder un peu la memoire à conserver ses idées ; Et encore n'est-ce point là sa fin, mais seulement de plaire à l'Esprit & de le divertir.

C'est pour cela, comme dit l'Autheur, que les Devises se font dans *les courses*, *Carousels*, *Tournois*, *Ioustes*, *Festes*, *Balets*, *Masquarades*, & qu'alors elles

y font portées par les *Cheva-*
liers de la Beauté , de l'Vnivers,
du Soleil , de la Lune , du Phœnix,
de la Canicule , & d'autres de pareille qualité. Tout cela fait affez voir que les Devifes ne font
que des jeux d'Efprit , & qu'on
les doit prendre comme des
jeux ; Ce font des pensées
agreables & fleuries , mais
qui ne font pas une nourriture pour l'Efprit , non plus
que les fleurs ne font pas une
nourriture pour le corps , & ne
fervent qu'à parer les Tables
& les viandes. Ce feroit donc
un affez bifare deffein de ne
vouloir inftruire un jeune Prince que par les Devifes : Et
quand l'Auteur les croit propres pour cela , & qu'il en parle avec des exaggerations fi

demefurées ; On diroit qu'il
eft plus capable de les admirer
que d'en faire;& que fa Theorie
eft fans pratique, comme d'autre cofté, fa pratique paroift
fans Theorie

Vous allez juger, Monfieur,
de ce dernier point fur l'exemple de quelques Devifes de fa
façon, & vous verrez fi ce
qu'il fait répond bien à ce qu'il
dit.

Par la premiere qu'il propofe pour modele, il veut reprefenter que le Roy eft capable de gouverner luy feul
tous les peuples de la terre ; Et
pour cela il peint *un Soleil éclai-
rant le Monde*, avec ce mot.
MIHI SUFFICIT UNUS.
Vn feul fuffit pour moy.

On ne fe pleint pas qu'il y

ayt trop peu de sens dans ces
paroles ; au contraire on dit,
qu'il y en a trop , & qu'on ne
sçait lequel prendre. Car on
doute si c'est le monde à qui il
suffit d'un Soleil , ou si c'est le
Soleil à qui il suffit d'un Monde : deux sens tout à fait oppo-
sés ; & qui font dans une Devise un des plus grands deffauts
qui puisse y estre. L'Auteur devoit donc prendre soin d'éviter
l'Equivoque , & d'autant plus
que par je ne sçay qu'elle pente
d'Esprit , il y tombe fort souvent. Car dans un autre endroit , quand il veut representer l'humilité d'une personne
fort élevée en dignité , il peint
une Estoile , à qui il donne ce
mot, qui est encore tres équivoque.

I v

QUO ALTIOR, EO MINOR.
Ie parois moins plus ie m'éleve.

On entend bien que ces paroles d'elles-mesmes ne signifient pas plus l'humilité, que l'indignité ; & il n'y a que le merite particulier de la personne qui puisse les faire prendre dans un sens advantageux.

Voicy une troisiesme Devise que l'Auteur à faite pour la Reyne, *Anne d'Autriche, lors que Louys le Iuste l'a fit regente en mourant,* c'est vne Lune qui se leve, & vn Soleil qui se couche, avec ce mot,

PER TE, NON TECUM.
C'est par vous, mais sans vous.

On sousentend, *que ie regne.* Beaucoup de gens d'Esprit approuvent ce mot, qui en effet est fort juste, & marque bien la douleur d'une sage Reyne

qui s'afflige de regner sans le
Roy son mary. L'Auteur a
voulu l'expliquer en quatre
Vers, où il fait parler la Reyne,

Ie vous dois ce que i'ay d'éclat, &
   de puissance,
 Que mon Destin est glorieux !
Tandis que vous allez regner en
   d'autres lieux,
 Icy ie regne en vostre absence.

 Ce Quatrain, dit-il *explique assez
bien ma pensée.* A quoy on luy répond que sa pensée est donc la
plus déraisonnable du Monde.
Car que peut - on de plus
contraire à la raison, à la bien-
seance, au respect, à toutes fortes de considerations, que de
faire dire à une vertueuse Reyne, que son Destin est glorieux
dans le moment que le Roy son
mary expire ; & de faire pa-
roistre qu'elle ayt une si grande

envie de regner feule. Cela eft
odieux ; paffons vite.

L'Auteur peint dans un autre endroit, *une Colomne qui por-*
te un Ordre d'Architecture, avec
ce mot,

ORDINIS EST COLUMEN.
Je fouftiens l'Ordre entier.

Il veut reprefenter par cette
image *un fameux Magiftrat, que*
le premier Parlement du Royau-
me fait gloire d'avoir pour fon
Chef : Mais il a fait une mauvaife
Copie d'un excellent Original.

Car la figure dont il fe
fert, eft une figure bizare,
imaginaire & chimerique. Une
Colomne feule qui porte un
Ordre d'Architecture ! On n'a
jamais bafty de la forte, c'eft
un deffein en l'air ; Et quand
la figure eft ainfi deffectueufe,
la Devife ne peut plus eftre

bonne , non pas mesme se-
lon les principes de l'Auteur.
Car il dit en termes exprés,
que les figures qui entrent dans la
composition de la Devise ne doivent
avoir rien de monstrueux ny d'irre-
gulier : Et la raison , adjoûte-il ,
est que la D<small>E</small>*vise estant essentielle-*
ment une metaphore & un symbo-
le naturel , *elle doit estre fondée*
sur quelque chose de reel & de cer-
tain , *& non pas sur le hazard, ou*
sur l'imagination. Il y prendra
donc garde une autrefois, &
peut-estre accordera-il mieux sa
pratique avec sa Theorie.

Il a fait sur les Manufactures
Royales une Devise qui est *un*
Soleil Levant, avec ce mot.
R<small>IVESGLIO</small> T<small>UTTI</small> A<small>L</small> O<small>PRA</small>.
Ie'veille & j'apelle au travail.
Il y adjoûte les quatre Vers
qui suivent.

Ie veille & travaille sans cesse,
Par tout où ie jette les yeux,
Ie fais la guerre à la paresse,
Et j'anime au travail les moins
laborieux.

Vous voyés bien, Monsieur, que ce n'est point par envie, si le monde dit que ces Vers n'ont ny force ny vigueur, & presque ny rime ny raison. Car premierement, *paresse* ne rime point avec *sans cesse*. D'ailleurs *faire la guerre à la paresse*, est une façon de parler bien basse pour un Soleil ; outre qu'on pourroit dire que le Soleil quand il se leve endort, plutost qu'il n'éveille, parce qu'alors il se répend dans l'air une humidité qui est naturellement assoupissante.

Mais pour bien juger de la Devise, il faut dire comme

l'Auteur , *qu'une des plus essen-*
tielles qualitez du mot, est de ne
rien dire qui ne se puisse verifier
de la figure, & qu'il doit luy con-
venir proprement, & sans meta-
phore. C'est ce qu'il explique
pendant trois ou quatre pages,
à la fin desquelles il adjouste,
que ce qu'on dit du mot, se doit en-
tendre des Vers qui accompagnent
la Devise : Car ces Vers ne sont
proprement qu'un explication du
mot. Mais apres tout quand il
a bien prouvé ce qu'il faut faire ; on diroit qu'il prend plaisir
à ne le faire pas , comme s'il
estoit au dessus des regles qu'il
donne , & qu'il ne les escrivit
que pour les autres.

En voicy une preuve dans sa
Devise, pour *un grand Seigneur*
qui faisoit de grandes charités dans
sa Province , mais fort secrette-

ment. Il a peint, *un grand fleuve roulant ses eaux doucement, & sans bruit*, avec ce mot.

FERT TACITUS QUO FERTUR
O P E S.

Sans bruit il fait du bien.

On dit qu'il est assez difficile de marquer en peinture que *des Eaux roulantes* ne font point de bruit ; Mais au moins on les voit, si on ne les entend ; & comme une veuë publique est autant opposée à des charités secrettes, qu'un bruit public : il s'ensuit que l'Auteur les repre-sente mal par un grand fleuve qui coule entre le Ciel & la terre à la veuë de tout le mon-de. D'ailleurs la plus grande abondance que portent les fleu-ves, c'est dans les basteaux de commerce : Or il n'est rien de moins secret n'y de plus visible que des bafteaux fur la Riviere, & cela fera tousjours ainfi jufqu'à ce qu'on ayt trouvé un moyen de les conduire entre deux eaux. Ce n'eft pas apres tout qu'un grand fleuve ne puiffe eftre un jufte fymbole de la charité, mais non pas d'one charité fecrette, comme dit l'Auteur ; & les Vers qu'il a fait pour le prouver, font bien éloignez de fon intention.

Ie fuis au peuple henreux, pour qui
Dieu m'a produit,
De tous biens une riche Source ;
Mais reglé toûjours dãs ma courfe,
Plus je leur fais de biens, & moins
je fais de bruit.

Tout cela eft bien mediocre, il faut l'advoüer. Ce *Mais*, tient la place d'un, *Et*, dans le troifiéme Vers ; & pour le quatriéme, il ne convient nullement à un fleuve. Car on ne peut pas dire, qu'un fleuve faſſe d'autant plus de biens qu'il fait moins de bruit : Au contraire quand il fait moins de bruit, c'eſt quand les Eaux ſont fort baſſes, & alors n'eſtant plus propre au commerce il fait beaucoup moins de bien.

Voicy encore un grand fleuve dans une autre Deviſe que l'Auteur a faite ſur la mort de feu Monſieur le Duc de Longueville ; ce grand fleuve eſt peint à ſon Embouchure.

MAYOR EN SU FINAR.

Ie ſuis encor plus grand quand j'acheve mon cours.

C'eſt le mot qu'il y donne.

Celebre & grãd dés ma naiſſance,
Ie porte en tous lieux l'abondance ;
Rien ne peut m'empeſcher de m'avancer toûjours.

Ie suis de mon Pays le rempart & la
*   gloire?*

Mais qui le pouroit croire,
Ie suis plus grand encor quand
*   j'acheve mon cours,*

La Devise eust esté bonne &
juste, si l'Auteur ne l'eust point
gastée en la voulant expliquer
par un Sixain, qui ne peut convenir qu'à la personne, & nullement à la figure qui la represente ; Car peut-on dire d'un
fleuve.

Mais qui le pouroit croire !
Ie suis encore plus grand quand
*   j'acheve mon cours.*

Pourquoy cette admiration ?
Est-il si difficile de croire que
les fleuves soient plus grands
dans la fin de leurs cours que
dans le commencement ? Cela
n'est-il pas naturel ? Et n'est-ce pas
le contraire, qui seroit incroya-

ble, & contre l'ordre de la nature ? On voit donc que ce
Vers tout entier qui choque
la raison, n'est placé là que
pour la rime : C'est ce qu'on
appelle vulgairement une che-
ville, & celle-cy est de quatre
bons pieds.

L'Auteur n'est pas plus he▪-
reux dans une autre Devise
qu'il fait sur le mesme sujet.
C'est une cassolette d'où il sort une
fumée qui monte en haut, elle a
pour son mot,

LO SPIRTO AL CIEL L'ODOR
IN TERRA.
L'Esprit est dans le Ciel, l'odeur
est dans la terre.

Voicy comme il l'explique.
J'expire consumé d'une mortelle ar-
deur,
   Mais mon sort n'a rien de fu-
neste,

Mon Esprit monte au Ciel, & de
moy-mesme il reste
Sur la terre une douce odeur.

Il y a une grande foiblesse dans
ce Quatrain ; Ie ne sçay si l'on
a creû qu'il en representeroit
mieux une personne mourante.
Ce n'est pas neantmoins ce
qu'on y trouve de plus deffe-
ctueux ; Car on dit premierement, que cette odeur qu'un
Chrestien laisse apres sa mort
est une odeur de Pieté, & par
consequent une odeur metaphorique , laquelle est icy re-
presentée dans une figure qui
est encore une expression metaphorique , ainsi voila Metaphore sur Metaphore ; & l'Auteur advouë que *cela à de l'affe-*
ctation , & fait de l'obscurité.
D'ailleurs l'esprit du Parfum
n'est encore qu'un esprit Meta-

phorique, & un veritable corps
que l'on voit se dissiper en l'air,
& qui ne monte peut estre pas
à cinquâte coudées; Ce qui sans
doute n'est pas fort juste pour
representer une Ame immor-
telle qui s'envole aux Cieux.
Outre cela, c'est que dans le
parfum l'odeur & l'esprit que
l'Auteur, non seulement distingue, mais separe, ne sont à
proprement parler qu'une mesme chose, aussi bien dans le
langage des Philosophes que
des Poëtes, quoy qu'en veule
dire nostre Auteur. Quelqu'un
luy avoit déja fait cette objection, comme il le témoigne;
Mais, dit-il, *ie le détrompay
bien tost. Car ce que i'entends icy
par* l'ESPRIT, *c'est la partie la plus
subtile du Parfum, laquelle s'ex-
hale, & monte en haut quand le*

Parfum brûle ; l'ODEUR *est, ce qui demeure apres mesme que le Parfum est dissipé* : L'agreable responce ! Comme s'il estoit question de ce qu'il entend, & non pas de ce qui est en effet. Certes cette personne estoit bien aisée à détromper, de s'estre renduë à une telle raison. Car enfin quelque distinction que l'Auteur fasse ; il est certain que dans le Parfum, soit durant, soit apres la dissipation, l'odeur n'est autre chose que cette plus subtile partie qu'il appelle Esprit, laquelle se respend dans l'Air, entre dans l'Organe de l'Odorat, & se fait sentir. L'Auteur à beau dire que *l'un est une substance, & l'autre une qualité, selon Aristote.* On ne disputera point sur cela ; mais au moins selon Aristo-

te , une qualité ne subsiste
point naturellement estant se-
parée de sa substance ; ainsi
tant qu'il y aura de cette qualité , c'est à dire de l'odeur
du Parfum , elle sera jointe à
cette substance , c'est à dire à
l'Esprit du Parfum. De sorte
que mesme selon la Philosophie de l'Auteur , l'odeur ne
subsistera pas un moment sans
l Esprit; Et par consequent deux
choses unies de cette maniere,
ne sont nullement propres pour
representer la separation naturelle & effective du Corps &
de l'Ame. Mais apres tout, ce
ne seroit pas assez pour une juste Devise, qu'il y eust dans son
sujet une verité connuë des
seuls Philosophes ; il faut encore qu'elle soit connuë du Peuple, & il n'est rien de plus con-

traire

traire à la Devife que cette
obfcurité, qui n'eft penetrable
qu'aux lumieres d'vne l hi-
lofophie Scolaftique. C'eft ce
que l'Auteur dit en vingt endroits & en vingt façons.

Cependant on trouve enco-
re à peu pres la méme faute
dans vne autre Devife; par laquelle pour reprefenter *vn Ef-*
prit fort brufque, dit-il, *mais*
en méme-temps fort regulier.
Il peint *vn soleil dans fa courfe,*

RAPIDO SI MA RAPIDO
CON LEGGE.
Ie fuis rapide avec mefure.

On ne croit pas qu'vn Soleil
foit vne jufte figure pour reprefenter vn mouvement rapide;
car fans parler de l'opinion de
plufieurs grands Mathemati-
ciens, qui difent que le Soleil
demeure toûjours dans vne

K

méme place ; & que c'eſt la
Terre qui tourne ; ce qu'il y a
de certain, c'eſt qu'on ne le voit
point s'avancer, & que dans
quelque partie du Ciel qu'il pa-
roiſſe, il ſemble toûjours aux
yeux qu'il ſoit en repos. Ainſi
l'on ne penſe pas qu'on puiſſe
bien exprimer vn prompt
mouvement, par vne choſe qui
ne paroît point ſe mouvoir. Et
l'on ſçait aſſez que les Deviſes
étant des comparaiſons, elles
doivent étre tirées des choſes
les plus apparentes & les plus
ſenſibles. Auſſi quand on voudra par exemple repreſenter
quelque choſe de vaſte ; on
prendra bien plûtôt la mer que
le Soleil, parce que la mer paroît aux yeux incomparable-
ment plus étenduë que le Soleil, quoy-qu'elle le ſoit in-

comparablement moins. C'eſt
par cette raiſon qu'on ne trouve pas la Deviſe dont il s'agit
fort reguliere,& l'on en dit autant des vers qui l'accompagnent & que je ne vous donne-
ray pas la peine de lire.

Apres cela l'Auteur conſide-
rant *vn Illuſtre Prelat qui a p ſſé*
de l'Archevéché d'Ambrun à l E-
véché de Mets; & admirant vne
conduite ſi contraire à l Ambition qui ne cherche qu'à s'élever de dignité en dignité il a
fait pour luy quatre Deviſes;
mais à vous dire vray, il y a plus
d'affection, & de bonne volonté que de jugement. Je ne
vous rediray pourtant rien de
la Critique que j'en ay veu faire à des perſonnes fort ſpiri-
tuelles; parce qu'il faudroit y
méler le nom d'vn grand Pre-

lat, qui ne doit point répondre du trop de zele d'vn Auteur, à qui sans doute il n'a
point donné charge de dire ce
qu'il dit.

Voyons maintenant les De-
vises galantes, amoureuses &
passionnées; car il y en a vne
multitude surprenante. La premiere est *vne Lune éclipsée* avec
ce mot,

LANGVEO NI VIDEAM.
Ie languis si je ne vous voy.

C'est vne Devise qu'Ariste
a faite pour Eugene, & qu'il a
accompagnée de ces vers.

C'est luy qui m'éclaire & m'en-
flame,
Ie tiens de luy tous mes apas,
Il est mon esprit & mon ame,
Et je languis quand je ne le voy
pas.

On demande si c'est vn hom-

me ou vne femme qui parle,
& de quel fexe eft Arifte qui a
tant de foin de fes apas ; qui fe
pleint fi paffionnément de
l'abfence d'vn homme ; qui
l'appelle fon Efprit & fon ame,
& qui languit de ne le voir pas?

D'autre côté voicy *vn Soleil
dans vn nuage, d'où il échape plufieurs rayons* ; & pour le mot

QVOT LVMINA CELAT!
Que de Lumiere il cache!

L'Auteur a fait cette Devife
pour vne Abeffe à ce qu'il dit,
& il y a ajoûté ce Quatrain.

*Ie cherche en vain l'obfcurité,
Cent traits brillans me font con-
noître ;
Mais malgré toute ma clarté
I'en cache beaucoup plus que je
n'en fais paroître.*

Il n'étoit nullement neceffaire que l'Auteur fift ces vers

K iij

pour vne Religieuſe, & encore
moins qu'il les imprimaſt. Cela n'a point édifié vne infinité
de perſonnes, qui diſent qu'on
ne ſçauroit avoir trop de retenuë pour des Vierges conſa-
crées à Dieu, & qu'on doit
éviter avec vn ſoin extréme de
leur rien dire qui puiſſe jetter
des penſées du monde dans
leur Eſprit, ny troubler la retraite de leur cœur, ſans laquelle l'autre ne leur ſert de
rien. Il eſt vray que l'Auteur
declare qu'il a fait la Deviſe &
les vers pour loüer la modeſtie;
& l'on ne peut pas dire que la
vertu ne ſoit pas loüable: Mais
cependant, diſent-ils, il y a
vne maniere de loüange qui eſt
extrémement dangereuſe aux
vertus, & qui les diſſipe en fla-
tant les ſens, comme le feu

diffipe les Senteurs. Ils ajoûtent à cela, que ce n'eft pas
loüer la modeftie, mais la dé-
truire, que de luy attribuer des
fentimens tels que ceux qui
font exprimez dans ces vers ;
& ils foûtiennent qu'il eft impoffible qu'vne perfonne mo-
defte puiffe ny dire ny penfer
de foy-même qu'elle *cherche en*
vain l'obfcurité : que cent traits
brillans la font connoître, & le
refte qui eft encore plus rempli
d'orgueil & de prefomption.

D'autre côté, & felon les regles de la Devife, on dit que
ces quatre vers font foibles,
que le troifiéme eft obfcur, &
que le premier ne convient
point du tout à la figure, n'é-
tant point vray que le Soleil
cherche l'obfcurité pour s'y
cacher ; de forte qu'apres avoir

K iiij

bien deliberé, il faudra conclure à la fin, que cette Devise est plus galante que reguliere.

Mais celle qui la suit merite-
roit peut-étre de la preceder,
& vous l'allez voir. C'est *vn*
Cierge sur vn Autel, avec ces
mots.

ET SACER VRIT.
Il brule avec vn feu sacré.

L'Auteur dit que c'est *pour*
montrer, qu'vne personne consacrée
à Dieu peut donner de l'amour com-
me vn autre ; & c'est ce qui est
expliqué dans ces six vers.

Mon corps est pur, & plus pure
    est mon ame,
La pieté me nourit d'vne flame,
Qui me consume & les jours &
    les nuits ;
    Mais que sert-il de feindre?
    Ie suis encore à craindre,

Et pourrois vous bruler tout sacré
que je suis.

Il dit qu'il y a longtemps
qu'il sçait ces vers par cœur, &
je le croy bien; car quand on
les a vne fois apris, on ne manque pas d'occasion pour ne les
pas oublier. Je m'étonne seulement qu'il puisse les trouver
fort justes, puisqu'ils ne sont
point dans les regles des Devises, & qu'au lieu de convenir
proprement & sans metaphore
à la personne & à la figure; ils
ne conviennent ny à l'vn ny à
l'autre. Car quelle personne
peut dire de soy-méme, *mon*
corps est pur, & plus pur est mon
ame? Et d'autre côté peut-on
dire *l'ame d'un Cierge?* si ce n'est
comme on dit *l'ame d'vn fagot,*
par vne metaphore qui *effarou-*
che l'esprit, comme parle l'Au-

K v

teur ; & qui selon toutes les
regles qu'il a données , ne peut
étre receuë dans le mot ny
dans les vers d'vne Devise.
Je voy donc bien qu'il faudra
dire de ceux-cy comme des
autres , qu'ils ont plus de ga-
lanterie que de regularité.

C'est aussi l'air & le caractere
de tout cét Entretien, où l'Auteur a pris plaisir de mettre en
cent endroits des symboles, des
expressions & des figures de
toutes sortes d'amour Un Pa-
» pillon qui se brule à la chan-
» delle; vn petit Moineau qui se
» jette dans des filets ; vn Vers
» à Soye qui fait luy-méme ses
» chaînes & sa prison ; vn Fau-
» con sur la perche avec ses
» longes ; vne Tourterelle qui
» pleure sa vie & la mort de sa
» Compagne ; vn Aimant qui

» attire le fer ; vn Heliotrope
» qui fuit par-tout fon Soleil ;
» deux Palmiers s'inclinans l'vn
» vers l'autre ; vne Vigne liée
» autour d'vn arbre ; deux Mi-
» roirs oppofez ; vn Phœnix
» fur vn Bucher ardent ; vne
» Salemandre dans vn brafier ;
» vn Flambeau qui brule par
» les deux bouts ; vn Brulot
» portant le feu à vn grand
» Vaiffeau ; le Mont Gibel en
» feu ; vn Diable dans les fla-
» mes d'enfer où il crie , *plus je*
» *fouffre , moins je me repens.*

    Celuy qui porte cette Devi-
fe a voulu exprimer , que plus
l'amour le faifoit fouffrir, moins
il pouvoit fe repentir d'aimer ;
& c'eft, dit nôtre Auteur, *vn*
fymbole illuftre & ingenieux. Je
vous affeure , Monfieur , que
ce ne font pas là tous les noms
K vj

qu'on donne à ce symbole, & que plusieurs fois j'ay entendu luy appliquer d'étranges epithetes. Car on trouve vne infinité de gens qui jugēt des galāteries par la morale, & qui vous disent tout franc qu'on ne doit point dans vne sainte profession écrire de ces sortes de choses; Qu'elles ne s'accordent nullement avec ce caractere ineffaçable, qui engage dans vn ministere infiniment éloigné de ces bagatelles; Qu'elles seroiēt plus pardonnables à des jeunes gens qui n'ont pas fait des vœux particuliers d'y renoncer; Que c'étoit assez qu'elles fussent déja imprimées dans tant de Livres, sans qu'on les rimprimast encore pour alonger vn discours qui ne pouvoit étre trop court, & qui peche autant en quantité qu'en qualité.

Voilà, Monsieur, tout ce que je vous écriray des Entretiens d'Ariste & d'Eugene ; quoy que je puffe encore y ajouter beaucoup plus de chofes que vous n'en avez veuës : mais celles que je fuprime ne doivent point s'écrire, les vnes, parce qu'elles font trop longues ; & les autres, parce qu'elles font trop fortes. Il n'y aura pourtant rien de perdu fi vous le voulez ; & tout cela fera fort bon à dire, quand vous ferez icy. Je vous y fouhaite, je vous y attens & je fuis, &c.

HVITIE'ME LETTRE.

MONSIEUR,

Je croyois avoir fait, quand j'eus achevé l'examen du dernier Entretien d'Ariste & d'Eugene : mais l'on m'a depuis montré, que j'avois oublié le principal, en oubliant la Table du Livre ; & voicy en peu de mots, ce que c'est.

Elle est divisée en trois parties ; ou si vous voulez, il y a trois Tables. La premiere marque les six Entretiens, chacun selon le rang qu'il occupe dans la suite du Livre ; & cela est imprimé d'vn caractere Capital, qui avec quinze ou seize mots, couvre vne pa-

ge entiere, laquelle auroit pu
aifément contenir tout ce
qu'il y a de plus remarquable
dans l'Ouvrage.

La feconde , comprend les
Matieres, par ordre alphabe-
tique, & celle cy eft difpofée
de telle forte, que l'on y trouve la plufpart des chofes deux
ou trois fois. Car par exemple fous le mot, *Beauté* , il demande, *en quoy confifte la beauté
de l'Efprit* , & fous le mot
Efprit , il propofe encore la
méme queftion ; continuant
ainfi de regler plufieurs endroits fur cette methode, qui
eft au moins à deux fins : l'vne,
pour mieux remarquer les
chofes , en les repetant plus
fouvent ; & l'autre, pour aider
à groffir le Livre.

Il est vray, que cela fait vn cercle de paroles, qui est quelquefois ennuyeux; mais l'Auteur ne le croit pas ainsi, & l'on diroit qu'il prend ce cercle pour vne couronne, tant il paroit contant de soy-méme, & principalement, dans sa troisiéme Table, qui est comme vn chef-d'œuvre, d'amour propre.

Celle-là, porte magnifiquement les *Noms des Princes, & Gens de qualité, sur lesquels il y a des Devises dans le Livre.* De sorte que tout ce qu'on voit, de Grand & d'Auguste parmi les hommes, se trouve à cette Table: Papes, Empereurs, Rois, Reines, Princes, Princesses, & c'est comme vne Cour, composée de toutes les Cours de la Terre.

Quel plaisir pour vn Auteur de l'humeur du nôtre, de voir tant d'Illustres Noms qui parent son Ouvrage, & de penser que c'est luy, qui les a rangez comme il a voulu dans vne Table, de laquelle il a exclu tout ce qui n'est pas au moins Comte, ou Baron. Car ne vous imaginez pas qu'il y nomme generalement & sans exception, toutes les personnes, sur qui il y a des devises dans son Livre. Point du tout ; & il faut pour cela, outre la devise, avoir encore vne ancienne Noblesse, ou au moins vne tres-grande Charge. Ainsi quoyque dans son Entretien, il y ait plusieurs devises *pour vne malade*, qu'il dit étre *fort spirituelle, & fort vertueuse;* On ne trouve pas neanmoins

fon nom dans la Table, parce quelle n'eſt que vertueuſe,
& ſpirituelle, ſans être Com-
teſſe, ny Marquiſe.

Il y a encore des deviſes
pour *vn des plus ſages, & des*
plus honneſtes hommes de nôtre
fiecle; ſelon le temoignage
de l'Auteur méme; mais ny
l'honnéteté, ny la ſageſſe
n'étant point ſoûtennuës d'vne
haute qualité, n'ont pu le
faire recevoir, à cette Table
magnifique.

De méme, il rapporte vn
grand nombre de deviſes ſur
pluſieurs Academiens, tant de
l'Academie Françoiſe, que
des Academies Italiennes;
mais pas vn ſeul de ces Meſſieurs, n'approche de ſa Table;
parce qu'enfin être Acade-
micien, ce n'eſt pas être Chan-

celier , ny premier Preſident.

On a beau dire que n'étant
point icy queſtion de Charge
ny de Nobleſſe , mais ſeulement de Deviſes , il devoit
nommer indiſtinctement dans
la Table , toutes les perſonnes
ſur qui il y a des Deviſes dans
le Livre ; il n'a pas cru luy, qu'il
fût à propos de le faire , & il
luy a paru bien plus beau , &
plus ſatisfaiſant pour vn Auteur , de ne voir ſa Table rem-
plie , que de Rois , & de Reines , ſuivis de toute la Nobleſſe , & des principaux Offi-
ciers de la Couronne.

Mais enfin quelque motif
ſecret qu'il ait eu dans
vn deſſein qui apparemment
ſera long-temps ſans pareil ;
au moins eſt-il certain & public , que les trois Tables en-

semble , occupent quarante
pages , & font la septiéme
partie du Livre ; en sorte que
des six Entretiens, qui font
le reste , il y en a trois dont
chacun est moins grand que
cette triple Table , sans laquelle , on eût bien de la peine
de mettre le Livre in quarto ,
quoyque d'ailleurs on eust
fait pour cela , tout ce qui
étoit possible.

Or ce n'est pas pour vn Auteur vn si petit avantage qu'on
s'imagine. Comment?c'est être
Auteur de la seconde taille :
& cela fait plus à l'égard de
bien des gens, que si l'on étoit
du premier ordre , en plus petit volume. On est mieux placé dans les Bibliotheques ; &
comme elles ont beaucoup
plus de spectateurs que de le-

cteurs , il arrive de là , qu'on plait toûjours à plus de monde. Outre que cette maniere d'impreſſion qui groſſit vn Ouvrage luy donne par conſequent plus de poids : Et quoy qu'on en puiſſe dire , cela contribue auſſi quelque choſe à rendre vn Auteur plus grave ; ce qui eſt parmi de certaines gens vn grand ſujet d'ambition.

Mais c'eſt aſſez parler de ce qui regarde la quantité & l'etenduë de la Table; & je puis maintenant vous dire quelque choſe de ce qui concerne ſa qualité. A cet égard, Monſieur , on peut aſſurer que c'eſt la principale partie de tout l'Ouvrage, puis qu'elle eſt ſans doute , la plus ſçavante , & qu'elle comprend pluſieurs grandes queſtions, dont on ne trouve point les réponſes dans le Livre.

Par exemple, *D'où vient l'antipathie que nous avons pour certaines perſonnes?*

Ce qui nous fait ſentir que nos ames ſont immortelles?

Ce que c'eſt que la grace divine. Trois grandes queſtions pour leſquelles on ne trouve qu'vn ſeul mot, qui eſt le *Ie ne ſçay quoy.*

D'autre côté, on voit dans cette méme Table, la queſtion ſçavoir: *Quels Arts ſont les plus parfaits?* & l'on s'imagine d'a-bord qu'il y aura dans le Livre vne Diſſertation ſur les Arts; mais quand on va voir l'en-droit que la Table marque, on ne trouve que ces paroles: *Comme la Nature ſt devant l'Art, les corps naturels tiennent le pre-*

mier rang, & rendent les Devises plus parfaites ; les artificiels sont du second ordre, & ils approchent d'autant plus des autres, que les Arts, dont ils sont tirés, imittent plus parfaitement la Nature.

Voila, il faut l'avoüer, vne admirable reponse ; mais voicy vne autre question. *Quels sont les Philosophes les plus raisonnables ?* On repondroit à cela sans hesiter, que ce sõt ceux qui ont cru l'immortalité de l'ame, & la Providence divine ; mais l'Auteur ne s'en est point souvenu dans l'endroit, où la Table r'envoye ; & selon luy, les plus raisonnables Philosophes sont ceux qui raisonnent le moins, sur l'ame, & sur les operations ; c'est à dire, ce me semble, ceux qui se mettent le moins en peine de ce qu'ils sont.

D'ailleurs la Table contient encore plusieurs questions Physiques comme *ce que c'est que l'odeur?* Et vous voyez bien, Monsieur, que pour repondre justement à celle-là, il faudroit expliquer tout ce qui se fait, & du côté de l'objet, & du côté de l'organe, & encore la proportiŏ qu'il y a entr'eux, avec la maniere dont l'vn agit sur l'autre. Mais sans tant de façons, nôtre Auteur decide, en vn mot, que *l'odeur est, ce qui demeure apres méme que le parfum est dissipé.* Ce Philosophe n'en dit pas davantage, & il laisse à ses commentateurs le soin d'y ajouter leurs explications.

Cependant il propose dans vn autre endroit de sa Table, non pas comme vne question, mais comme vn principe, que

que *le Soleil échaufe sans avoir
de la chaleur.* C'eſt vn Proble-
me aſſez étonnant ; que le Soleil qui éclaire & qui brule
comme le feu, ne ſoit pas chaud
comme le feu. On attend au
moins qu'il le prouve en Phy-
ſicien ; mais on eſt bien ſurpris
lors qu'au lieu d'vne raiſon, ou
d'vne experience, on ne trouve
qu'vne Deviſe ; & qu'on voit
pour toute réponſe, que *le Mar-
quis des Portes, ſous le nom*
d'O R T A M I R E *avoit vn Soleil
rayonnant.* C'eſt ainſi, Monſieur, que nôtre Auteur ſçait
répondre aux queſtions qu'il ſe
fait luy-méme ; & *cette belle
ſcience,* comme il dit, *ne s'aprend
point au College.* Non ſans doute,
il n'eſt point neceſſaire d'y
avoir jamais été pour étre ſçavant de cette ſorte : Et tout

L

cela prouve bien que la Table
où il ne fait que propofer ces
chofes, doit plaire davantage
que le Livre où il s'imagine les
refoudre. Il faut le dire encore
vne fois, c'eft vne Table dref-
sée de telle forte & fi proprement, qu'elle met l'efprit en
appetit pour ainfi dire, & luy
donne vne envie de devorer
tout le Livre : Mais par malheur il ne trouve point de quoy
fatisfaire vn goût raifonnable,
quoy qu'il y ait des raretez
dont on ne fçait pas encore le
nom. Car comment nommer
cette furprenante queftion:
Pour qui doit être le cœur d'vne
honnête femme ? Pour qui? Pour
fon mary, fans difficulté. Et
quand l'Auteur répond que *le*
cœur d'vne honnête femme doit
être pour vn feul; il veut dire af-

feurément pour vn seul qui soit
le mary : de sorte qu'on peut
mettre en fait, que sur ce point
là , il n'y avoit pas encore eu de
questió, non plus que de doute.

C'est donc quelque chose de
bien curieux que cette Table
qui contient de ces nouveau-
tez & je ne cónois rien de plus
propre à faire vendre vn Livre:
car pour peu qu'on jette les
yeux dessus, on sent je ne sçay
quelle envie de voir comment
vn méme Esprit répondra à
tant de questions contraires
dont les vnes sont si serieuses,
si Chrétiennes, si saintes , &
les autres si jolies , si galantes &
si risibles.

Vous en avez tant d'exem-
ples dans cette Lettre & dans
les precedentes, que je ne vous
en citeray point davantage ;

mais feulement puifque je vous
ay parlé de la Table qui eft à la
fin du Livre, je vous diray auffi
vn mot de la Figure qui eft au
commencement, afin qu'au
moins vous ayez veu en quelque façon cét Ouvrage depuis
le commencement jufqu'à la
fin.

Je n'examine point la graveu-
re qui n'eft pas de l'Auteur;
mais feulement le deffein & la
pensée qu'il a fait exécuter par
le Graveur. Figurés-vous donc,
Monfieur, vn endroit fur le
bord de la mer où l'on voit vne
grande Ville avec vne Citadel-
le, & à côté de hautes Dunes
qui s'étendent le long de la cô-
te. Il n'y a point là d'autre terre qu'vn fable fterile & tout
brulant des ardeurs d'vn Soleil d'Eté, qui paroît dans vne

élevation, par laquelle on juge qu'il n'eſt pas plus de deux heures apres midi. Voilà, Monſieur, ce bord de la mer que l'Auteur appelle vn lieu commodé & agreable pour des converſations de cinq ou ſix heures. C'eſt-là que ſur des ſables brulans, & ſous le Soleil qui les brule, on voit Ariſte & Eugene, qui ſont ſans chapeau, ſans ſouliés, ſans chauſſes ; & qui n'ont pour tout habit qu'vne façon de Camiſole, qui à peine va juſqu'aux genoux, & par-deſſus cela vne large mante avec laquelle ils s'envelopent, comme des Egyptiennes.

Tout de bon, Monſieur, c'eſt vne choſe aſſez plaiſante de voir en cét équipage deux Fronçois de la qualité d'Ariſte & d'Eugene : Car enfin ce ſont

des gens qui ont de l'efprit, de
la politeffe, de l'experience
dans le monde, & vn établiffe-
ment confiderable.   Mais on
ne reconnoît rien de tout cela
fous l'habit que l'Auteur leur
donne, ny dans les circonftances où il les met : Et ce qu'on
peut dire, c'eft que s'il a voulu
faire vne Mafcarade, il ne pouvoit jamais mieux reüffir. Affurément il a du genie pour
ces fortes d'inventions, & ce
n'eft pas fans fujet qu'il en parle tant de fois dans fon Livre,
& qu'il dit que les *Etrangers &*
les mafques divertiffent.

Mais apres tout on ne laiffe
pas de demander à quel deffein
il a déguisé fon Arifte & fon
Eugene ? Car il femble à beaucoup de perfonnes fort raifonnables, qu'ils euffent été mieux

d'être habillés à la mode de France, puisque non seulement ils sont François & qu'ils demeurent d'ordinaire à Paris, mais encore parce qu'ils traitēt principalement de la langue Françoise, & que d'ailleurs rien ne les obligoit à se déguiser dans la Flandre où ils étoient alors, & où *les Dames*, comme dit l'Auteur, *sont fort curieuses de nos Modes.* Pourquoy donc cacher l'honneur d'être sujets du plus grand Roy du monde, sous vn habit si étrange & si hors d'vsage ?

On répond à cela en bien des façons. Les vns s'imaginent que c'est pour paroître plus sçavant & plus Philosophe sous vn ancien vêtement, & que c'est à peu pres comme s'habilloient autrefois*Diogene* & *Menippe*.

D'autres difent que fi l'on eût peint Arifte & Eugene en Cavaliers François tels qu'ils paroiffent dans leurs difcours; cét habit n'eût pas été convenable à la perfonne qu'ils reprefentent ; & que d'ailleurs s'ils euffent été vêtus comme la perfonne méme , cet autre habit n'euft pas été convenable aux difcours qu'ils tiennent. Ainfi pour éviter ces inconveniens, l'Auteur leur a donné vn certain vétement, lequel n'étant ny feculier , ny regulier , eft égallement éloigné de tous ceux qu'on porte en France , dans toutes fortes de conditions.

Mais cependant , cela ne contente pas bien des gens, qui difent que de quelque façon que l'Auteur habillaft fes

deux perfonnages , il devoit au
moins leur donner quelque
forte de coiffure , & de chauf-
fure ; & ne pas les faire aller
nuds tête au Soileil , & nuds
piés fur des fables , des cail-
loux, & des coquilles.

D'ailleurs , difent ils , il n'y
avoit rien de plus aifé que
de ne point faire de Figure, &
nulle raifon , ne l'y obligeoit.
Pourquoy donc , puifqu'il en
vouloit faire vne pour fon pur
plaifir , ne prenoit-il pas foin
qu'elle fût conforme à la verité, ou du moins , à la vray-
femblance? Et pourquoy fal-
loit-il qu'Arifte , & Eugene ,
dans cette Figure fuffent tout
contraires à ce qu'ils font dans
le Livre ? Car enfin dans le
Livre, ce font deux perfonnes,
dont tous les difcours mar-

quent vne bonne éducation, & vne condition fort honnéte; Au lieu que dans la Figure ce font . . . En verité Monſieur, on ne ſçait point ce que c'eſt; car on les prend tantôt pour des Egyptiens, tantôt pour des Peſcheurs, tantôt pour des Pelerins; & il ſemble qu'on ne les ait mis ainſi ſur le bord de la mer, que pour donner la Comedie à toute la Terre. J'en ay ouy faire cent plaiſantes railleries; mais je croy qu'au lieu de tâcher à m'en reſouvenir, je feray mieux de ne les point dire quand mé-me je m'en ſouviendrois; auſſi bien y a-t'il trop long temps que je vous parle des entretiens d'Ariſte & d'Eugene; & que je vous empêche de penſer à de meilleures choſes. Adieu, je ſuis, &c.

www.ingramcontent.com/pod-product-compliance
Lightning Source LLC
Chambersburg PA
CBHW070503030726
47503CB00004B/1149